ALFAGUARA

Carlos Heitor Cony

Antes, o verão

9ª edição

ALFAGUARA

Editora Objetiva Ltda.
Rua Cosme Velho, 103
Rio de Janeiro — RJ — Cep: 22241-090
Tel.: (21) 2199-7824 — Fax: (21) 2199-7825
www.objetiva.com.br

Capa
Rita da Costa Aguiar

Imagem de capa
A. Sneider / Zefa / Corbis / Latinstock

Revisão
Gustavo Penha
Fátima Fadel

Editoração eletrônica
Abreu's System Ltda.

CIP-BRASIL. CATALOGAÇÃO-NA-FONTE
SINDICATO NACIONAL DOS EDITORES DE LIVROS, RJ.

C784a

Cony, Carlos Heitor
Antes, o verão / Carlos Heitor Cony. - Rio de Janeiro : Objetiva, 2007.

198p. ISBN 978-85-60281-17-6

1. Romance brasileiro. I. Título.

07-1287. CDD: 869.93
CDU: 821.134.3(81)-3

Antes, o verão

Sumário

Pretende este livro contar a história de um amor. Alguns de seus altos e baixos, de suas contradições ou omissões serão culpa do sentimento que o inspirou. Os demais erros são do autor.

A Cabo Frio dos anos 60 nada tem a ver com a de hoje. É uma Cabo Frio que existiu em qualquer parte, ou em parte nenhuma. Aliás, é nessa parte nenhuma que o autor prefere situar suas areias, seu sal, seus ventos.

Agora, escrevo especialmente para você. Ninguém saberá que é para você que estou escrevendo, e você mesma só sentirá isso depois de muitos, muitos dias, quando a dor e o tempo pousarem sobre seus olhos e tornarem sua carne mais neutra que a nuvem e mais breve que a espuma.

Hoje, escrevo especialmente para você, retomando um diálogo que bruscamente interrompêramos sem saber o que íamos fazer com as palavras que não chegamos a dizer, sem termos tempo de apagar as palavras que foram ditas e — infelizmente — guardadas e protegidas pelo nosso repentino ódio.

Isso poderia ser o início ou o fim de um romance — e o é realmente, início e fim ao mesmo tempo. Afinal, terminamos o nosso prazo, esgotamos a clemência que atiramos um ao outro como esmola ou paga — e amanhã fecharemos essas portas e janelas e nunca mais retornaremos, nunca mais repetiremos o rito de verões e invernos que juntos consumimos, apoiados em nossos medos e redimidos em nossas alucinações.

O homem caminha pela estrada. Contra seu rosto, o vento bate com sal e chuva. Obstinado, ele prossegue. Perto da curva, o caminhão carregado de pedras passa por ele, o motorista pisca os faróis para adverti-lo: o homem está quase no meio da pista.

Tudo deu errado — e já não há coragem nem necessidade de procurarmos a culpa ou o erro. Nem haverá tempo nem vontade para refazermos a nossa história com amor. E sem amor, de nada adiantará vivermos lado a lado, dia a dia, mágoa a mágoa.

O verão acabou. Estávamos juntos por acaso quando o vento começou a soprar e levantar a areia. O céu já se preparava para a noite — e os pescadores que recolhiam as redes diziam sem palavras e sem gestos que o verão acabara. Já estávamos prontos para isso — e mais uma vez fomos perfeitos, estava tudo arrumado, a caminhonete abastecida e pronta para a viagem de amanhã e de volta, as roupas emaladas, os empregados pagos, o jardim preparado para o outono que agora se prolongará para todo o sempre.

O carro vem devagar, lutando contra a chuva que de repente engrossa. Depois da curva, e de cruzar com um caminhão cheio de pedras, engole a enorme reta que se abre à frente. Não fora a escuridão, a chuva cada vez mais grossa, e o carro correria mais. Súbito, os faróis iluminam a silhueta de um homem que caminha pela estrada.

Nossos filhos estão na cidade, voltarão para o jantar e será o último jantar em que sentaremos os quatro, nós dois e eles. Seremos fortes, e nada em nossos gestos revelará que aquilo será um último jantar, um último momento.

Eles ainda não sabem de nada, e acreditarão que em verão igual aqui estaremos para receber novas areias e novos ventos. Tudo acabará daqui a pouco e a lucidez que gozamos agora talvez seja o último silêncio que compreenderemos juntos, com a mesma e igual intensidade.

O homem percebe o ruído, antes mesmo de ser envolvido pelo estilete iluminado dos faróis. Corrige sua posição, a fim de não obrigar o carro ao desvio para a contramão. Ouve o ruído aproximar-se e os faróis de repente o engolem, total. Vê, por instantes, a própria sombra projetada no chão estilhaçado pela chuva.

Fomos perfeitos — digamos mais uma vez — neste verão que se acaba. Combináramos mais umas férias assim, nossos filhos viriam do colégio, esperaram o ano todo pelo verão, seria cruel negar-lhes isso — e fizemos o sacrifício juntos e juntos estivemos esses meses, como se tudo fosse outra vez durar para sempre, o verão e seus ventos, o mar e suas areias. Seu sal.

Tudo passou depressa, parece que foi ontem que aqui chegamos e abrimos essas janelas que agora fecharemos e que tão cedo não se abrirão — e serão mãos estranhas que abrirão essas janelas para outros rostos receberem outros ventos.

O carro acelera mais forte. A luz dos faróis destaca o vulto do homem que se projeta para fora da estrada. O carro empina bruscamente e salta também. Os freios, alternados com o motor, fazem o carro rugir, animal sem rédeas, de fôlego selvagem e grosso.

Vimos, juntos, os pescadores recolherem as redes, e, por um instante, tivemos vontade de avisar um ao outro: "Acabou."

Mas não foi preciso. Como as redes dos pescadores, em silêncio nos guardamos e voltamos para casa sem olhar os espantos e as tréguas que não poderemos dar mais um ao outro. Você então foi para a varanda, esperar pelos nossos filhos, que logo chegarão.

Eu restei só. Só, como sempre procurei estar esses últimos dias. Breve virá o jantar e depois iremos cada qual para seu lado. Não sei o sonho que visitará seus olhos. Eu velarei. Gastarei esta última noite horrivelmente lúcido, esbarrando em meus próprios escombros, flagelado pelos meus próprios fantasmas. Se eu gritar mais forte — não há o que temer: é que os fantasmas ou os escombros feriram mais fundo, e irreparavelmente.

O homem procura abrigo na parte de areia. Sem compreender, sente que o carro também abandonou o asfalto e corre na areia fofa. O homem procura onde se esconder, mas a reta é enorme, não há valas nem moitas, ainda que atingisse a praia não ficaria livre do carro. Corre em ziguezague, o carro cada vez mais próximo, e percebe então que aquilo é uma caçada, ele é a parte indefesa e fraca, marcada para a morte.

É certo, a vida logo se recomporá. Com mais ou menos sorte, continuaremos íntegros — e isso é o que importa. Talvez sejamos melhores que agora, mais plácidos, ou mais conformados.

Isso não conta, por ora. Conta é que estamos juntos pela última vez — e pela última vez ainda teremos a esperança de que o amanhã será a eternidade indolor com que a solidão — lá fora — nos espera com a saudade comum, e, quem sabe?, com o comum perdão.

O carro tem o homem sob seu domínio. Por mais que pule na estrada ou na areia, os faróis o agarram implacavelmente. Cansado, o homem pára de lutar e volta-se, os braços abertos, como se pudesse travá-lo.

Bestial, melado de chuva e ódio, o carro avança (tudo é muito rápido e escuro) até que sente o impacto da carne que faz resistência contra o coice mortal e único. Logo corrige a própria posição e some pela reta, deixando atrás o cadáver que a chuva e a noite amortalham e escondem.

As areias

1

O melhor de tudo talvez seja aquilo: o silêncio feito de paz e inércia. O silêncio dos ruídos que acentuam a solidão e a quietude lá dentro. Ela quis botar a lareira na sala de estar — pois lá está a lareira, inútil para todo o sempre, embora seja inverno e o vento salgado que vem do mar sopre mais forte.

Haviam discutido o detalhe, ela conhecia uma, na casa do irmão, em Teresópolis, achava decorativa e eficiente quando o inverno apertasse. Ele argumentou contra, jamais haveria frio bastante e capaz de justificar a lareira. Mas as decisões eram quase todas dela e ele fora, mais uma vez, voto vencido. Os rapazes também se assanharam com a lareira, o arquiteto a havia colocado no projeto, e ela ali está, agora, revestida de azulejos vitrificados, cor de fogo, com sua inútil goela aberta ao chão.

(Não seria a lareira a única coisa inútil naquela casa, naquelas vidas. Ao longo de 16 anos, os fragmentos inúteis foram se acumulando, e outras goelas menos inofensivas foram se abrindo no solo que firmava e formava as raízes comuns: não suspeitavam de nada, mas não seria por falta de superfícies ocas que tudo um dia ruiria. Era uma espécie de palpite que se encravara nele. E embora parecesse ou fosse mesmo sólido, de espaços a espaços — na casa, nas vidas, nos afetos — havia zonas ocas também, vazios que eles mesmos foram erguendo ao longo dos anos, e alimentando, como a pequeninos, inapetentes monstros que jamais crescessem o suficiente para devorá-los.)

— Se você quiser, eu assumo a responsabilidade pelo acréscimo. Pago o custo da lareira.

— O problema não é esse. Mas se vocês querem, teremos a lareira.

— Eu sabia que você compreenderia.

Abraçou-o, roçando a boca em seus cabelos, na carícia que significava promessa e recompensa. Ele então chamara o arquiteto, aprovara a lareira, anotara o custo, somara mentalmente a despesa do acréscimo com outros acréscimos, estava dentro do orçamento, e súbito ficou contente — mais uma vez contente — de ter sido pródigo e bom para com ela, para consigo mesmo.

Pois a lareira ali está, inútil é verdade, mas decorativa. No verão, faria péssimo efeito junto ao aparelho de ar-refrigerado que colocariam ao lado. Mas não ia brigar por tão pouco, e, além do mais, tivera o seu quinhão naquela noite em que aprovara a lareira, ela fora dócil e generosa no amor. Ao lembrar que havia generosidade em sua mulher, deu-se por compensado.

"Valeu a lareira!"

Ali estão, afinal, os dois juntos, tinham combinado ir sozinhos, arrumar a casa, providenciar os últimos retoques, as primeiras acomodações. Para a semana viriam os filhos. Teriam dias livres pela frente, como havia muito não tinham e até evitavam ter.

"De quem foi a idéia?"

Já não lembra mais. Talvez a idéia tivesse sido de ambos, e simultânea. Os rapazes atrapalhariam: para os fundos da casa dois operários davam retoques na garagem; e o jardineiro ainda não acabara sua tarefa na parte da frente.

Dentro da casa sim, está pronto: tudo é sólido, eterno, como se tivesse existido sempre, como se fosse existir para sempre. Sentem-se em estranha, inesperada lua-de-mel. Haviam acalentado e erguido a casa, tijolo por tijolo, telha por telha, peça por peça — e a finalidade de tudo parecia ser essa: a procura de uma procura, o encontro de um reencontro.

Jantam na copa, nesta primeira noite. São nus e íntimos, um diante do outro.

— Vou tirar a mesa e vamos subir. Espere por mim.

Fora ela, mais uma vez, a insinuar. Ele aproveitaria a espera para dar a espiada nas portas, verificar os fusíveis que eram provisórios e talvez não agüentassem a geladeira que a partir daquela noite ficaria permanentemente ligada, o motor novo roncando macio, abafado, animal dormente e branco, com seu gelado ventre de esmalte.

Acende o cigarro, dá uma volta em torno da casa, pisa a terra estrumada e fofa que o jardineiro espalhara ao redor do jardim. Examina a porta da garagem, o cheiro de tinta fresca arde-lhe nos olhos, os operários deixaram a pá próxima ao carro, amanhã, se ele saísse com pressa, podia cortar o pneu.

A escuridão é densa, impenetrável. A casa pousa no terreno, nascida da terra, flor pesada e disforme, cor de noite e vento. A claridade que vem da copa despeja lá fora a mancha de luz que ilumina parte da cerca e as palmas do coqueiro-anão que o sogro fizera questão de plantar, quando começaram a construção. Crescia bem, apesar de o vento castigá-lo com sua umidade pegajosa e salgada.

Olha a casa. Acima da copa, mais para a frente, o janelão escuro de seu quarto. Daqui a pouco dormirá ali, na primeira noite — e o pensamento lhe dá o estremecimento de pavor e responsabilidade. Sente isso sempre que lembra a primeira noite de casado, o medo da vida, do fracasso de tudo, dos imprevistos, das transformações do amor, das deteriorações deles mesmos.

Agora é diferente. Dezesseis anos amorteceram o medo, afrouxaram a responsabilidade, tudo correra bem, o amor e a vida, e ali está, seguro, inaugurando a casa nova, sua conquista, sua fortaleza, sua posse. Lá dentro, a mulher espera por ele para ser mais uma vez sua, como naquela primeira noite, mais e melhor até, pois somente agora, com a chegada da meia-idade, ela começa a despertar para os sentidos. Só depois dos partos, depois da certeza de que não mais poderia ter filhos — e ela temia morrer de parto, como a avó — é que começara a corresponder, a tomar as iniciativas, a se superar, dia a dia, noite a noite, posse a posse.

A luz da copa se apaga: brusca, total. Percebe a claridade aberta no corredor que sobe para os quartos. E, como um aviso, a luz do quarto estoura na escuridão, iluminando-o lá embaixo.

Em algum canto, o cachorro começa a latir, distante, sem sentido. O latido é triste, compassado, quase choro que às vezes se confunde com o barulho do mar, este sim, uniforme, quebrando sempre, grosso e cavo, animal acorrentado em seus limites de areia e mundo.

O cachorro uiva ainda, ele está subindo para o quarto e ouve aquele uivo compassado e distante. Há um latido mais forte e longo que fica ressoando pelo espaço, eco que a noite prolonga, acalenta e guarda. Até emudecer, total, quando a luz se apaga.

Quando a luz se apagou, ele não sabia o que fazer com o corpo enrolado ao seu. Tentou acender a lâmpada de cabeceira, tinha visto uma ao entrar no quarto, a mão tateou no escuro, bateu na imagem de um santo, derrubou o cinzeiro.

Desanimou.

— Que que há, bem? Quer cigarro?

— Não. Ia acender a luz.

— Deixa assim. No escuro é melhor.

E colou-se mais a ele, com a pele viscosa, cheirando a óleo ordinário. Fechou os olhos e procurou entregar-se, mas a repugnância pelos lençóis, pelo quarto infecto, pelo cheiro de loção barata que saía da mulher, estava dentro dele, amolecendo-o, aviltando-o.

Tentou outra vez acender a luz, mas a mulher deu um puxão em seu braço.

— Fica quieto, bem, a dona pode brigar se a luz ficar acesa.

O argumento era definitivo. Pensou em dizer a verdade, que estava enojado de tudo, mas a mulher passava a mão em seus cabelos, e com a boca procurava-o no peito, mordendo-o.

"Se Maria Clara me visse agora, nunca mais se casaria comigo."

Maria Clara estava longe, tinha ido para Teresópolis, era a primeira separação entre os dois desde o noivado, e ele se prometera uma desforra por causa disso. Na realidade, gostaria de ter sido convidado para a temporada na serra, mas o pai de Maria Clara fora contra:

— Não quero noivo de minha filha dentro de casa. Terão muito tempo depois, para ficarem juntos.

Ele se resignou. E, quem sabe, talvez encontrasse algum prazer na interrupção forçada daquela rotina que se arrastava havia dois anos, desde que a conhecera. Todas as noites, mal acabava o jantar, ia visitá-la. E de lá saía quando já não havia tempo, motivo ou vontade de procurar outra coisa que não a cama, onde poderia, de olhos abertos, sonhar com o futuro que marchava, inapelável e lento, em sua direção: o casamento, o lar, os filhos.

Com Maria Clara em Teresópolis, sobrava-lhe o vazio das noites. Percorreu os teatros, os cinemas, não encontrava nada que prestasse. Visitou os amigos, pareceram-lhe insípidos, e quem estava insípido era ele: nenhuma conversa agarrava, os amigos diziam-lhe na cara:

— Depois que você ficou noivo virou um chato.

Um chato. Onde se meteria um chato na enorme noite que tinha pela frente, sem os braços brancos, os apertões na varanda da casa de Maria Clara?

Havia muito tempo não procurava mulher. Quando conhecera Maria Clara livrara-se de Beatriz, colega de faculdade que o acaso e uma viagem de trem tornaram sua amante. Rompera com Elisa, que fora sua primeira amante, logo depois de saído do ginásio. Lembrava sem emoção a despedida, fora à casa de Elisa, cabeça baixa.

— Estou namorando sério, Elisa. É para casar.

— Você?!

Ela não acreditou, um rapaz daqueles, sem ganho certo, que ampliava as mesadas paternas com o dinheiro que levava da amante, um rapaz que nem sabia amar decentemente ainda, com gosto de leite na boca, casar só porque encontrara moça de família rica.

— Isso é piada? Ou você arranjou outra que lhe dá mais dinheiro?

Contou que estava amarrado, mês que vinha ia pedir a moça, com solenidade, mandariam imprimir participações, coisa séria, ele tinha de se livrar do passado, e o passado era Elisa, a desquitada de quarenta anos que o amava e o pervertia, que o tinha com desespero e carinho, que o ensinara e o amamentara em longas noites de febre e abandono.

— Você tem medo que eu faça escândalo? Fique tranqüilo, sua balzaca não vai incomodar ninguém. Já passei por coisa pior, e sabia que um dia você faria isso comigo. Apenas, eu dispensava tanta formalidade.

— Que formalidade? Não seria decente pedir a moça em casamento e continuar mantendo essa ligação com você. Isso não é formalidade. É...

— Honestidade? Decência? Está bem, seja honesto, seja decente, não vou me atirar do vigésimo andar por causa disso, nem atear fogo às vestes, nem tenho formicida em casa. Sinceramente, não gostaria que você se fosse.

— Você tem outros.

— Isso é comigo. Se tenho outros ou não, o problema é meu. Você me teve e não pode se queixar. Sempre fui sua amiga. Evidente, tenho de viver a minha vida e não podia manter um rapaz como você na cara e na coragem. Tenho amantes, mas você sabe, o meu fraco é você, bata as asas agora, vá para a sua noiva, mandarei flores no dia do casamento. — Olhou-o séria: — Talvez eu nem mereça mandar flores à noiva do rapaz que deitou comigo, que comigo perdeu a inocência. — Estendeu a mão. — Felicidades!

Ele hesitou, sem saber se aceitava aquela mão.

— Anda, aperta a minha mão, estou lhe desejando felicidades. As mulheres da vida costumam dizer: "Vai com Deus, meu filho." Eu não sou mulher da vida, mas digo esta frase para o meu coronel. Você não é meu coronel. É meu amante, quase meu cafetão. Não, não estou atirando isso na cara, dei porque queria dar, porque era bom dar. Você não me deve nada. Agora me faça um favor: saia desta casa! Já!

Sem remorso e sem emoção, ele se retirou. Ouviu a porta bater com estrondo. Com receio de esperar pelo elevador, desceu as escadas, ela poderia apanhá-lo ali no hall e seria difícil nova conversa, talvez terminassem na cama. O pior já fora feito, e, pensando bem, não fora o desastre que temia.

Em nenhum lugar do coração ou da carne sentiu piedade ou tristeza pelo que havia feito. Talvez, no fundo, se considerasse mais digno do amor e da cama de Maria Clara. Rompera o laço que secretamente o envergonhava. Se Maria Clara soubesse de tudo, talvez o perdoasse. Mas a família, essa jamais perdoaria, exigia para a filha *um rapaz de eleição* — e sorria ao pensar na expressão que o futuro sogro costumava usar, quando se referia a ele: um rapaz de eleição.

Pois o rapaz de eleição rebolava com a balzaca desquitada na mesma cama onde o coronel dela, um engenheiro do Estado, bufava grosso todos os sábados. O rapaz de eleição tinha a caneta de ouro que fora roubada do engenheiro — Elisa gostava de fazer isso, toda vez que o engenheiro era sovina com ela, sumia objeto dele. A caneta andou pelo apartamento e um dia apareceu em seu bolso. Pensou em não aceitar, mas a caneta fez sucesso na faculdade, ele gostou e aprovou o roubo.

E além da caneta, havia os ternos, as camisas, o dinheiro que todas as semanas ela mesma oferecia. A princípio, ele prometia pagar quando o pai lhe aumentasse a mesada, chegou a saldar metade de uma dívida, na outra semana pagaria o restante. Depois foi se habituando, mais tarde precisando. Às vezes chegava a pedir. Necessitava de dinheiro para dar presente a Maria Clara, ela um dia aparecera com o embrulho, o blusão de linho que deveria ter custado caro, Maria Clara era rica, o pai dava-lhe mesadas fartas, podia comprar blusões de linho nas casas de luxo.

Ele o recebera, prometera retribuição.

— Amanhã, darei o presente a você.

Contou o dinheiro. Pediu ao pai a mesada adiantada. Catou com a mãe alguns trocados. Cobrou a pequena dívida de um colega. Tudo isso junto não deu para entrar na loja que vendia caro. Bateu à porta de Elisa, atirou-se em cima dela, fez o que ela queria, mereceu seu trabalho.

— Olhe, estou precisando de dinheiro.

Quando disse o preço, ela assoviou.

— Tanto assim?

— É um aperto. Torrei o dinheiro das taxas e agora a tesouraria da faculdade mandou o aviso para o velho. Ele vai pular.

Ela mexeu pelos cantos, arranjou o dinheiro.

Amou-a mais uma vez e foi correndo, sujo do suor de Elisa, comprar a blusa para a outra, de linho também, quase transparente, a carne de Maria Clara seria entrevista pela finura do linho, em sua branquidão, em seu mormaço.

E ficaria livre de tudo, agora. Rompera, partira os laços, Elisa arranjaria outro ou outros, não faltariam rapazes para contentar balzacas desquitadas, principalmente uma balzaca apetitosa como Elisa, e com coronel a sustentar-lhe as manias, os amantes. E ele retornava à sua virgindade, sentia-se puro e bom, seu ato parecia-lhe heróico, se pudesse, seria o primeiro a propalar, a cantar alto a façanha: "Rompi com minha amante por causa de Maria Clara!" E comovia-se consigo mesmo.

E ali estava, rolando no escuro, com a prostituta incolor que o abraçava e beijava, no quarto sórdido, na cama sórdida, nos lençóis sórdidos do amor sórdido.

Maria Clara em Teresópolis, dois meses só, passariam depressa, ele iria um domingo lá, depois voltaria, e era preparar o enxoval, o casamento com data marcada. Beijaram-se na noite de despedida, no dia seguinte ele passou em frente ao palacete dos Viana, fechado, sentiu-se esmagado, expulso.

Tentou beber, mas nem isso podia, era fraco de estômago, qualquer abuso e vinham os vômitos, as cólicas de fígado.

Esperou pela noite, telefonou para Elisa, quem sabe, ela aceitasse o antigo amante para mais uma noite — só uma — e seria uma espécie de desforra, trair a outra que passivamente, sem reação, submetia-se à família, seguia os outros.

O telefone tocou, ninguém em casa, talvez Elisa tivesse mudado de endereço, passou pelo prédio onde ela morava, quase subiu, acabou desistindo, medo de ser expulso outra vez.

Esbarrou então com aquela mulher na rua. Pensando bem, ela é quem esbarrara nele, no escuro achou-a desejável. Não viu as rugas, as varizes das pernas. A saia colante dava-lhe silhueta atraente, a maquiagem tornava-a excitante. Só no quarto, quando a luz se acendeu, viu que tinha sido apanhado por uma velha. E ela agora se esfregava nele, tentando despertá-lo para o amor.

— Você não me quer?

Forçou o desejo, lembrou as carnes de Maria Clara, o brilho jovem dos joelhos, a boca, os cabelos negros, fechou os olhos e procurou imaginar Maria Clara ali, no escuro, com sua virgindade, seu sítio em Teresópolis, sua glória de Viana.

A mulher resfolegava, cansada. Ele desistiu:

— Acho melhor ir embora. Bebi um pouco e fiquei assim.

Vergonha de ter feito papelão diante da mulher. Ela, de quatro sobre a cama, procurava a lâmpada. Ele, aniquilado, fingia passar mal.

— Quanto é?

— Ué? Você não me fez nada! Paga o que quiser ou puder.

Deixou o dinheiro em cima da mesa, tudo o que tinha, para compensar a mulher, para aliviar a vergonha. Rolou pelas escadas, maldito, infeliz.

Na calçada, parou diante do poste e vomitou.

"Maria Clara! Maria Clara!"

Limpava os beiços quando descobriu que estava chorando. Se o vissem assim, chorando, vomitando por ter ido com uma prostituta para a cama, estaria perdido. "Ainda bem que essas misérias ficam escondidas, com o tempo, até a gente esquece."

Caminhou pela rua, lívido, e de repente não se envergonhou mais de estar chorando. Sentou-se no meio-fio da rua e chorou, largadamente, os ombros sacudidos pelos soluços, mãos meladas de lágrimas.

Depois caminhou pela noite, até chegar em casa, desgraçado e inútil, molambo de 25 anos, azedo de vômitos, quente de faces e redenções que buscara inutilmente no pranto e nas misérias todas.

No escuro, seus olhos estão abertos, queimados de insônia. Lá fora, o silêncio é maior: o mar parou de bater. O vento salgado sopra nas janelas. A casa cheira a novo e a sal, tudo é estréia, tudo é bom e é dele. Maria Clara dorme, tranqüila, os seios de fora, amaram-se há pouco, para estrear a cama, os lençóis. Os filhos não tinham vindo, podiam se amar como há muito não amavam, e se atiraram livres um ao outro, descompondo-se, ela dormia, saciada, mulher, e ele perdia o sono, acariciando pedaços do passado.

Maria Clara dorme agora em seus braços e ele estica as mãos para ativar a circulação. O sangue formiga em suas veias. Levanta-se. Vai olhar pelo janelão. Vê o mar, ao longe, mancha escura na escura noite. A terra estrumada, que o jardineiro espalhara pelo jardim, cheira mais forte, ao sabor da madrugada.

Na cama, Maria Clara dorme, a carne satisfeita, ele a fizera gemer, agora que os medos e as inibições passaram. Tudo aquilo é dele: a casa, a fatia de mar, a noite, o vento salgado, a mulher. Mas a mão treme, o sangue cheio de formigas que percorrem as veias, insubmissas e tontas.

O vento bate mais forte e ele sente medo de repente, como se um visitante inesperado e sinistro batesse à porta, invadindo os seus domínios para desacorrentar seus fantasmas, suas trevas, seu pânico.

2

Voltam da praia, cabelos revoltos, sujos de areia. Maria Clara encosta a cabeça em seu ombro.

— Vamos tomar banho juntos?

— Já tomamos.

— Não. O da praia não conta. Quero o banho lá em cima. Como antigamente.

(Como antigamente!)

E dá o beijo que é quase um código. Beijo que se repetira muitas vezes àqueles dias, por qualquer pretexto, sem nenhum pretexto.

Tiram a areia no banheiro de baixo e sobem. A casa está deserta, o jardineiro terminara a tarefa, só faltava plantar as mudas que não haviam chegado. Os operários da garagem tinham se despedido, não há ninguém e nada que os constranja.

Ela tira o maiô e surge nua, os pés no ladrilho são-caetano. A silhueta, contra os azulejos verdes, é jovem ainda, o sol daqueles dias de meio-inverno não criou marcas. Nas coxas, o elástico do maiô deixou o vinco arroxeado.

Vendo a mulher assim, pedindo, oferecendo-se, branca, desconfia da lua-de-mel que lhe parece casual, fruto de circunstâncias. É coisa dela, ela combinara aquilo, era bastante astuta para programar aquele abandono, a viagem antecipada, os filhos mais uma semana no Rio. Desejara ficar livre em sua casa, em seu triunfo. E ele nada mais é que um simples parceiro no triunfo e no amor. Mais uma vez, é submisso. E amante.

A ducha cai sobre os dois, amolecendo o calor que a posse recente fizera crescer em suas carnes. A água cai pelos cabelos dela, escorre pelas espáduas, empoça no chão, suja de sabão e amor.

Agarra-a mais uma vez assim, úmida, fria. O cansaço prostra-os e deixam-se cair no chão de ladrilhos, lambuzados de espuma, enroscados.

Pelo ralo, a água escorre, sorvida lentamente. A espuma de sabão forma a bolha disforme em volta, esponja muito branca e flácida, pouco a pouco tragada pelo ralo; some, com ruído grotesco. Mas a água, limpa agora, continua a escorrer, depois de espadanar com força no corpo dela.

— Se nossos filhos nos vissem assim!

Ela tem os olhos fechados contra o jato d'água que bate em seu rosto com violência. Os cabelos estão empastados em suas espáduas. Pelas coxas, desce o visgo de sabão.

— Esfrega minhas costas!

Ele espalha a espuma pelas costas dela, lutando contra a água que jorra mais forte.

— Sai debaixo da água! Assim o sabão não pega!

Ela vira-se repentinamente e procura-lhe a boca. Sente gosto de água e sabonete no beijo. O sabão cai no ladrilho e a água mistura seus cabelos, embaralhando-os com os dela.

Puxa-a docilmente, ela reluta, querendo ficar no chão de ladrilhos. Ele fecha o registro d'água.

— Vamos! Já é tarde!

A água que pára bruscamente torna-a ridícula, ali, deitada no chão de ladrilhos. Ajuda-a a levantar-se, ela está tonta, agarra-o mais uma vez.

— Me enxugue!

A toalha é nova, como tudo ali é novo e recente: tem o selo da loja numa das pontas. Enxuga o corpo da mulher e repete — lembrando-se então — o antigo rito dos primeiros dias de casamento. Nunca mais, depois. A vida foi desfazendo as intimidades, chegaram os compromissos, os filhos — os aborrecimentos que irrompiam com freqüência.

A pior etapa fora vencida. Habituados um ao outro, chegaram à fase do fastio: pouco se procuravam, ela sentia pavor de engravidar outra vez, temia um terceiro filho, tivera partos difíceis, o médico condenara o terceiro filho, e ela aproveitara uma pequena cirurgia para impedir novas concepções.

A vida foi clareando: dificuldades superadas, o projeto da casa — era o primeiro e definitivo momento de independência por parte dele —, e tudo dera e estava dando certo, vencera sua batalha.

Ela ali está, um corpo branco, de rijas carnes, cobiçada, inteira em seus braços. Deseja-a mais uma vez, agora que o corpo enxuto é plácido em sua nudez, doce em seu cansaço. A água prolongada batendo naquela carne deixara a frialdade na pele, tornando-a fresca, um fruto colhido de madrugada.

— Não. Agora chega.

Ela nega, sem olhar para ele, procurando o talco no armário. Pelo espelho, percebe que ele se enxuga com a mesma toalha.

— Olha que dá azar!

É um dos ritos também, herdado da mãe dela. Marido e mulher deviam usar toalhas separadas, do contrário se separariam. Ele respeitara a superstição, é dócil diante das regrinhas que enchem a família dela, a docilidade transformara-se em hábito, dera o grito de rebeldia depois, mas conservava, sem dor, impressentidamente, os pequeninos ritos que, no fundo, agradavam à mulher e não lhe custavam nada.

Abandona a toalha molhada e apanha a outra, vincada ainda da fábrica. O selo do fabricante é arrancado. Com ele, forma uma bolinha que joga contra as pernas da mulher.

Agora se veste, enquanto Maria Clara providencia o jantar. Lá fora, a tarde caiu de vez, a noite vem, côncava e macia, sobre o mar. O ruído das ondas vence a curta distância que separa a casa da praia, e se alterna com o barulho que a mulher faz lá embaixo, arrumando a mesa.

— Pode descer! Está pronto!

Há muito não comem assim, íntimos e doces, sem ninguém em volta. Há muito Maria Clara não veste o avental para servi-lo.

— Estou com sono. Vou cair na cama e dormir direto até amanhã.

— Se eu deixar.

— Você não quis mais, lá no banheiro.

— Mas posso querer outra vez. Ou não tenho o direito?

— Tem. Mas olhe, estou realmente cansado.

— Deixa por minha conta.

É quase obscena às vezes. Bem diversa da Maria Clara dos primeiros anos, cheia de pudores, tudo doía, tudo era feio, o amor parecia humilhá-la. Era pavor dos filhos, das gestações dolorosas, dos partos perigosos, a morte rondando a sala de obstetrícia, ele e o velho Viana andando de um lado para outro, temendo o pior. Mas os rapazes ali estavam, taludos, disputados pelas meninas, falando grosso, o mais velho já tinha provado mulher — a prima da mãe que dera em cima dele, quase dez anos mais velha.

De qualquer forma, Maria Clara mudara, e para melhor. Desde que começaram a casa em Cabo Frio, que ela se abrira à vida, ao amor. E agora, na súbita lua-de-mel, ei-la bacante, a pedir, a exigir, a amar, a querer, a repetir, insaciável, total.

O jantar amolece a ambos. O vento lá fora canta surdamente, o mar ronca, o silêncio é doce ali dentro.

Lêem os jornais, ele quer chamar a atenção dela para uma notícia, mas ela já dorme, na poltrona, arrasada.

— Vamos, vamos subir!

Geme alguma coisa confusa. Depois abre os olhos, o sono é profundo nas pupilas castanhas e opacas. Custa a orientar-se, a casa é nova, não são íntimos aqueles caminhos, mesmo assim vai, cambaleando, para a cama. Ele ajuda-a a deitar-se.

Ela pede:

— Um beijo!

Outro rito, também, e dos antigos, o beijo na hora do sono definitivo. Repetido em noites negras para selar a reconciliação — ou a possibilidade de reconciliação. Para encerrar as noites de comum amor.

Beija-a na testa. Apaga a luz da mesinha e pensa em deitar-se também. Mas a insônia mexe em seus músculos. A intemperança dos últimos dias, as posses repetidas que ela exigia sempre cansavam-no e alarmavam-no.

"Que que se passa com ela?"

Procura pensar, mas tem preguiça até disso. E, além do mais, nenhuma nuvem entre os dois. Brigavam por causa dos filhos, dos métodos de vida, das despesas, dos preconceitos que ela herdara da família.

E, de repente, aquilo. A bacante solta na casa que ele construíra mais para os filhos, talvez para os netos que um dia viriam. Pensa friamente. Sente que o impulso que o levara a construir a casa provinha mais dos rapazes que de Maria Clara. Eles cresciam, a cada ano exigiam férias mais excitantes, já estavam cansados das temporadas em balneários, em hotéis engravatados e ridículos, ou das viagens a Buenos Aires que saíam caras, não era todos os anos que podiam viajar — e a necessidade da casa foi crescendo, ampliando-se, até tornar-se verdade, vento e sal.

Ao conversar com o arquiteto, ao esboçar salas e quartos pensara mais neles, não em sua mulher ou em si mesmo. E apesar disso vinham os dois — ele e ela — como animais no cio, gozar a liberdade, a amplidão da casa, nova em folha, um defloramento físico e indolor daqueles confortos, daquele vento que bate nas janelas, salgado, úmido de mundo.

Maria Clara é o animal enorme, caído sobre a cama, cansada das repetidas posses. Ele, estranhamente lúcido, nem sequer se admira de agüentar o rojão, forte ainda, nos seus 41 anos. Mas ela? De onde vem o repentino fogo, a sensualidade, velada há tantos anos, adormecida, talvez morta, subitamente faminta?

"Que que se passa com ela?"

Sozinhos agora, a casa parece hostil. Não tem intimidade com as salas, o comprimento dos corredores, o exato momento dos móveis. Tudo muito novo e recente, é um hóspede em sua própria casa, não um dono. E à idéia de que é hóspede em sua própria casa associa-se outra: a de ser o amante da própria mulher.

A aventura dos 40 anos: tanto ele como ela — mais nova três anos — necessitavam disso, serem amantes mais uma vez, ou pela última vez, ou pela única vez. Muitos casais pagavam caro a aventura outonal. Procuravam cada qual a aventura na rua, com outros. Eles se procuravam e bastavam.

Depois a velhice, na certa a conformação, o apagar dos sentidos. Antes, o súbito renascimento, o crepúsculo sensual de quem consumira os meios dias com as preocupações, com os filhos, com a vida.

"Maria Clara!"

Quem seria Maria Clara?

Procura mais um cigarro, os dedos catam no fundo do maço vazio. Perde o sono, embora estivesse cansado do banho da tarde, prolongado e forte, as ondas batendo em cheio contra o corpo. E, além do banho de mar, o outro banho com a mulher, a posse no ladrilho do banheiro. Apesar de tantos cansaços, os olhos queimam na escuridão, repelindo o sono.

"Não há tranqüilizantes!"

Com a pressa de inaugurarem a casa, nem ele nem ela se lembraram de trazer tranqüilizantes, mesmo porque a casa em Cabo Frio deveria ser o melhor tranqüilizante contra as insônias, as preocupações, as tensões nervosas, os pavores noturnos. Mas ali está, cansado e insone, pavor físico e inexplicável de deitar na cama, ao lado da mulher.

Acende a pequena luz do corredor e vai olhar Maria Clara. Ela ocupa o enorme leito, as pernas abertas, os braços quase fora da cama, animal selvagem prostrado por digestão difícil, ruminando o sono. Espalhados pelo corpo, há pedaços de sua nudez: carnes aquecidas pela cama, pelo sono, pelo amor a que se entregava nos últimos dias.

Bicho mesmo, enorme, possuído, vencido, mas bicho. Animal disforme, tombado sem sentidos em sua cama. Não mais o corpo domesticado pelos preconceitos, travado pelos receios, comportado em estranhos limites de insciência e medo.

Nos primeiros anos de casado, gostava de acordar e olhar o rosto da mulher, o sono superficial que não chegava a deformar a fisionomia — fisionomia de anjo, tinha de reconhecer, apesar do gênio arrebatado, dos ímpetos, das frustrações, das flutuações entre a criança mimada e a moça voluntariosa que não estava preparada para a vida.

Anjo banido: sobrava-lhe a mulher decomposta pelo amor, roncando de cansaço, entupida de gozo, servida em seus desejos. Trabalhadora braçal depois de exaustiva jornada. Atleta caída, vergada sem fôlego, após a corrida vencida.

"Não parece a mãe de meus filhos!"

Aberta sobre a cama, imensa de carnes e curvas e cheiros, parece a amante trazida para a aventura em sua cama, e ali largada, para a retempera do sono.

Olha-a com perplexidade, sem ódio, mas sem amor, sem desejo.

"Isso é Maria Clara! Minha mulher. Mãe de meus filhos. A isso amarrei a minha vida, meus ideais, meus compromissos, meu gosto. Com isso me arrastarei até que a morte — a minha ou a dela — coloque um ponto em cruz nesta fraternidade que se está formando ao longo dos anos, nessa intimidade de peles e suores."

Ela não o perdoaria se soubesse que a examinava assim, com a crueldade, na impudência do sono. Mas ele sente esquisita maldade, doloroso prazer em desvendar os segredos do animal, do corpo largado no leito, esponjado e inerte, indefeso. Bicho perigoso de ser aproximado, só assim, no abandono do sono, poderia ser acariciado e conhecido em sua integridade, como os cadáveres na mesa de autópsia, o bisturi penetrando nos tecidos, rompendo os sulcos, as glândulas, aferindo o peso dos órgãos, a acidez dos humores, a consistência dos músculos.

Não há rugas naquele cadáver que respira forte. A mocidade está longe, mas longe também está a velhice. O que ali resta e repousa é o corpo maduro, as carnes maduras, não estragadas ainda, nem flácidas, nem opacas. A juventude dela fora sempre gabada — e nem mesmo seus acessos, seus repentes de ódio, suas contrariedades chegavam a corromper a vitalidade do animal que agora dorme, impotente, rude.

"Uma estranha!"

Medo de que ela acorde e dê com ele ali, examinando-a como o ladrão antes do roubo, o assassino antes da estocada, a escolher o melhor pedaço de carne para fazer penetrar o punhal. Ou como o amante, cobiçando-a na inconsciência do sono, desvendando-lhe segredos e capacidades.

Mas não cobiça a mulher agora. Teme. Aquele animal não parece ser ela, a mulher que ele traz amarrada consigo há 16 anos, mãe de seus filhos, companheira às vezes, adversária às vezes, mas de todos os dias, de todas as noites, de alguns prantos, de todos os pecados.

Apaga a luz e procura deitar-se com cuidado, a fim de não incomodá-la. Precisa afastar uma das pernas, ela dorme esparramada, como se tivesse caído aos pedaços, de grande altura, e deixasse membros esparsos sobre a cama. Basta tocá-la e ela murmura um som confuso, surge um vinco na testa, aborrecida de ter sido tocada no sono.

— Sou eu.

Sente-se imbecil dizendo aquilo baixinho. Quem poderia ser a não ser ele? Mas ela vira-se de bruços, procura nova posição, logo se volta, trança suas pernas nas dele, e coloca a cabeça em seu peito.

Retoma o sono, pesado, brutal, a respiração bate em seu pescoço, incomodando-o, mas é melhor assim, o calor do animal é íntimo, sabido de sua carne, e conhecido, desejado. Reencontra sua mulher. Estreita-a mais, aperta entre as suas aquelas pernas longas. Quietado nos temores, vencido no cansaço, sente sono afinal.

Dorme, sonha com pedaços da infância, casas antigas e mal lembradas em que morara, o bairro distante, a irmã morta, e, quando acorda, a manhã vai alta.

Procura a mulher, a mão tateia pela cama e esbarra nos travesseiros vazios. Logo a janela faz barulho e vê Maria Clara abrindo o quarto à claridade do dia, de short já, as alças do maiô visíveis à altura dos ombros.

— Vamos!

Ele abre os braços e exagera o torpor, a preguiça em deixar a cama.

— Vamos aonde?

Ela não olha para ele. Continua abrindo o quarto, dando grandes empurrões nas cortinas:

— Quero mais um banho daqueles!

3

A mãe vai buscar os rapazes, de carro, ele arranjara pescaria para aquele dia, e quer aproveitar o convite de uns pescadores que conheciam os melhores viveiros, os roçados, os ninhos bons de robalo. Saem cedo, aproveitando o frio da madrugada que arqueia lá para as bandas de Búzios, refletindo nas águas a cor de vinho ralo e lustroso.

Quando empurram a pesada canoa para o mar, Maria Clara fica na praia, junto ao carro, acenando, até que se torna o ponto insignificante na fatia de areia que vão deixando para trás, rumo ao alto-mar.

Voltam tarde. Pegam mar grosso, a viração bate, o nordeste que enviesa as ondas, formando montanhas de águas, e repentinos abismos. Os homens confiam no barco e nos próprios braços, braços fortes de remeiros, mas ele treme, às vezes de frio: o mar sobe com o vento e respinga em suas costas, o vento salgado castiga a pele molhada, chibata em carne viva. Treme de medo também: medo do fim estúpido e inoportuno ali, tragado pelas águas, em companhia de estranhos.

— O doutor não tem medo não. A canoa agüenta.

O outro pescador confirma, sem mexer os lábios.

— Valente, doutor, a canoa.

Logo a praia aparece, o mar acalma nas proximidades, não parece tão grosso e surpreendente lá fora. E o saldo da pescaria, tirante o susto, os embaraços da volta, é bom: dois robalos, uma enxada, alguns papa-terras, meia dúzia de bagres, uma arraia pequena.

Ajuda os pescadores a empurrar a canoa, embora os homens o dispensem daquela função.

— Deixa, doutor, isso é questão de maneira, não tem força não.

Não fizera feio, pescara um dos robalos, e dera palpites certos sobre o vento, as direções da maré. As mãos estão pegajosas da gosma dos peixes, das linhas cruas, dos pedaços de sardinha sanguinolentos que usaram como isca. Sente a boca como se tivesse comido pedaços de pedra. Os cabelos estão pastosos de sal e sol, de água e vento.

Pensa em cair n'água, lavar aquelas imundícies todas, refrigerar a pele castigada pelo sol e pelo vento, mas tem pressa em chegar, rever os filhos, Maria Clara já devia ter voltado.

— Leve, doutor, estes são do senhor. De direito. O seu a seu dono.

O homem estende a fiada de peixes, os miúdos, os grandes seriam vendidos, fora o trato. Pensa em não aceitar, a empregada ainda não viera, estavam comendo na base das minutas, dos enlatados, Maria Clara não iria se gastar na cozinha, descamando peixes, destripando-os, não era disso.

Prefere levá-los, porém, como troféu. Mostrar que não fizera feio. Tão logo saldasse o restante das dívidas que contraíra com a casa, encomendaria uma boa lancha, talvez uma Chris-Craft de dois motores igual à do cunhado, irmão de Maria Clara, que fazia sucesso no Iate, aos domingos, levando amigos para passear pela Guanabara.

O sol pulara, pulga imensa e vagarosa: está agora do outro lado abrasando o mesmo mar com a mesma cor de vinho ralo e lustroso, mas em outro sentido.

Vê sua casa, fechada e escura, pálpebra cerrada, pousada no terreno, a grama que o jardineiro plantara ao redor começa a alisar, a verdejar uniforme e fresca.

A porta da garagem abaixada, muda.

"Não chegaram ainda."

Dá a volta pela parte traseira, apanha a chave da cozinha que deixara no lugar combinado, embaixo do vaso de begônia. Se Maria Clara retornasse, saberia onde encontrá-la.

Larga a fiada de peixes no tanque externo, lava as mãos, borrifa o rosto que arde.

A chave custa a rodar na fechadura nova, o pintor abusara, dera camadas demais, e agora a porta prende nos batentes, resiste, imprensada pelas sucessivas mãos de tinta.

"Preciso mandar lixar isso aqui. O pintor gastou tinta demais."

Procura encontrar pretextos para enganar a si mesmo, adiar a certeza: sabe que não há ninguém em casa. E é tanta a certeza que prefere não acender a luz, aproveita os últimos momentos da claridade para subir, apanhar a toalha e abrir as duchas. No escuro, distingue o maiô de Maria Clara pendurado em um dos registros.

Na véspera, eles tinham repetido o banho juntos, a posse nos ladrilhos. Ela viera, salgada de mar, limpara a areia dos pés lá fora, e subira de maiô mesmo. Nos outros dias, tomava banho frio lá embaixo, no boxe destinado ao uso da praia. Mas ela quisera chafurdar mais uma vez nos ladrilhos lá de cima, o jato morno sobre ela, refocilar nua e molhada, subjugada, gozada. E subira de maiô, respingando o assoalho novo, a passadeira de algodão esverdeado que atapetava os cômodos superiores. Tirara o maiô dentro do boxe e pendurara-o no registro. Surgira nua, os vincos arroxeados marcando a junção das coxas com os quadris, afundando as virilhas. O maiô depois era levado para secar, lá embaixo. Mas ela esquecera, rolara pelo chão de ladrilhos, e saíra, trôpega e feliz, tinha viagem para o dia seguinte, queria dormir logo, abandonara o maiô.

"Vou pendurá-lo lá embaixo. Amanhã estará seco."

Desce com cautela, já havia molhado o corpo, não quer que os rapazes encontrem a casa em desordem, o maiô da mãe ali pendurado, num relaxamento a que não estavam habituados.

A noite caíra de todo e ele procura lugar para pendurar o maiô. Aperta-o entre as mãos e sente o sal em suas dobras: um escombro, disforme e oco, do corpo de sua mulher. O tecido está úmido dela, guarda seus humores, um pouco de sua seiva de mulher.

Pendura-o na estaca que sustenta a roseira nascente. O orvalho o umedecerá mais ainda, e amanhã o sol virá cedo e forte, quando acordarem o maiô estará seco, pronto para ser usado outra vez.

Volta ao banheiro, dessa vez acendendo as luzes, sem receio de aferir as dimensões exatas de sua solidão — a primeira daquela casa imensa, mais imensa agora, que se sente só e desamparado —, órfão inesperadamente jogado em poço escuro e sem fundo.

Não conhece bem o local das coisas, está embaraçado, como um aprendiz que não saiba colocar a máquina nova em funcionamento.

Talvez Maria Clara tivesse contratempo na estrada, bem verdade que com os rapazes seria fácil quebrar o galho, eles sabiam alguma mecânica, eram rápidos na mudança de um pneu.

Não, não está intranqüilo, apenas sozinho e desamparado. Procura pelo sabonete e não o encontra, na véspera, ao rolarem pelos ladrilhos, o sabonete sumira e agora não sabe onde a mulher guardara as caixas que trouxera da cidade.

Dispensa o sabonete, apanha o pedaço de sabão de coco na cozinha, lava-se com aquilo mesmo, fazendo bastante espuma, uma espuma ácida que penetra na pele ressequida e salobra, como a de um arenque defumado ao sol.

"Preciso passar óleo na pele. Estou começando a descascar, pareço uma cobra."

Maria Clara sempre passava óleo pelo corpo a fim de evitar o ressequimento da pele. Tentara passar nele, mas ele recusara, o cheiro do óleo o enjoava, tinha repugnância a visgos, mas sabe que a mulher tinha razão, a pele quebrava-se, dura, como a de um peixe seco, de ásperas escamas.

Estremece quando busca a toalha: está úmida, do banho da véspera, não fora tomar o sol do dia. Maria Clara esquecera-se, e a toalha ali ficara, jogada no canto do banheiro, dobrada sobre si mesma, e molhada, como se houvesse acabado de enxugar o corpo dela.

Lembra que prometera não usar a mesma toalha. Eram coisas tolas, mas não custava cumpri-las. Enxuga-se com a mesma toalha e sente inesperado prazer em violar o rito. E há ainda o cheiro que Maria Clara deixara na toalha.

Demora no banho, esperando a qualquer instante ouvir o ruído do carro, o ranger dos pneus na estrada de areia, o bater de portas, a campainha, os rapazes, Maria Clara tirando o lenço dos cabelos e queixando-se do vento, dos buracos, da estrada, da gasolina imprestável que faz o carro ratear, às vezes.

Ouve o relógio bater oito horas. Não se alarma.

"Talvez um enguiço mais sério na estrada. Há ferramentas para uma emergência. Sérgio conhece as manhas do carro, mas é difícil a Mercedes enguiçar, é carro até debaixo d'água. Ou talvez Maria Clara tenha saído mais tarde do Rio, algumas compras para a casa, gosta de comprar coisas, na certa se atrasara."

São dez horas quando resolve bater a cozinha, em busca dos enlatados. Abre a lata de sardinha, acha alguns biscoitos, a geladeira tem uma cerveja cruelmente gelada. Mastiga sem sabor e sem pressa a ceia solitária, virando a cabeça em direção à estrada toda vez que julga ouvir barulho. O mar, vencido o nordeste da tarde, sossega enfim, nem parece mar. O vento persiste ainda, obstinado em seu murmúrio, em seu sal, em seu cheiro de mundo.

Vai à sala à procura de uma distração que o ajude a matar o tempo, vencer a noite que se abre pela frente — buraco escuro e sem fundo, de imponderáveis bordas. Pensa em acender o cachimbo, tirar algumas baforadas, às vezes conseguia dominar-se à custa do fumo ritmado e profundo.

Tudo está ali, ao alcance de seus dedos: os cachimbos, os fumos. Mas prefere o cigarro apressado e nervoso, que nem chega a acabar: joga-o fora, após ter ouvido um ruído que lhe parece motor de carro. Vai ao janelão, afasta abruptamente as cortinas e vê passar a caminhonete rural, quadrada em sua silhueta noturna, os faróis dividindo a escuridão em duas fatias de luz. Logo o barulho da caminhonete se perde do outro lado, e sente outra vez o uivo tranqüilo e compassado do vento que persiste, ébrio e fiel, afagando a pele do mundo.

Abre os jornais, resistindo ao desespero, à vontade que o assalta de ficar andando de um lado para o outro, queimando cigarros e ódios.

Escolhe a melhor poltrona, cata entre os jornais o que lhe parece mais recente. Passa as vistas pelos títulos, lembra já ter lido as coisas mais importantes, tudo está velho e superado. Confere a data: o jornal viera com eles, do Rio, havia uma semana. Maria Clara deveria trazer jornais do dia, as revistas de sempre. Fica irritado de não ter tido a idéia — nem ele nem ela — de jogar fora aqueles jornais velhos.

Então, os livros. O arquiteto planejara a lareira por imposição de Maria Clara, e a estante de livros — na parede contrária — por imposição dele. Mas há poucos livros ainda, as prateleiras estão quase vazias, livros de bolso franceses, alguns volumes de Simenon, dois Sartres, uma velha edição do *Memorial de Santa Helena*, um *Book of the year* da Britânica, algumas revistas antigas, e muitos policiais de diversos estilos e procedências, que comprava às vezes, para enfrentar as viagens de barca, quando vinha inspecionar as obras da casa.

Procura com displicência entre os volumes ordinários, berrantemente coloridos, sórdidos. Apanha a brochura sem nem sequer ver o título. Basta-lhe a capa: as pernas da jovem loura saem da cama ensangüentada, um vulto encapuçado foge pela janela, o revólver em sua mão deitando para fora a fumacinha do uso recente. Vê o título, então: *O mistério da avenida Sunset.*

"Avenida ou bulevar?"

Procura pelo título original, mas o editor não tivera esse escrúpulo, abre a primeira página, o chefe de polícia acabava de jantar na casa do subsecretário da Justiça quando a televisão informa, em edição extraordinária, o assassinato de Doris Marlowe, a loura escultural que cantava no Sexy e fora amante, no outono passado, de um cientista atômico.

O vento aumenta de repente. Vai verificar o janelão, quando o abrira para ver a caminhonete deixara a pequena fresta aberta, e agora o vento se insinua ali, inflando as cortinas, trazendo sal e abandono para dentro da sala.

Olha o relógio. Faltam poucos minutos para a meia-noite. Nem um telefone por perto para saber o que se passara. Não há o que temer: Maria Clara e os rapazes eram dóceis a seu comando, ele conseguira imprimir em sua casa, em sua gente, um mecanismo rigoroso que funcionava como um cronômetro.

"Atrasaram-se por qualquer coisa. Daqui a pouco estão aí."

Retorna à leitura. O chefe de polícia mobilizara seus melhores homens em busca do assassino. A loura era amante de vários homens poderosos, inclusive de representantes diplomáticos estrangeiros, o crime ameaça emoção e intriga, os suspeitos são o ministro plenipotenciário da Tailândia, o prefeito, o reitor da universidade e o baterista do segundo turno da boate Sexy.

Quando acorda, o sol penetra forte pelo janelão da frente. Esquecera de baixar as persianas, na esperança de ver o carro chegar. Dormira na poltrona, livro ao colo, o dedo marcando a página.

E não precisa de nada. Basta cheirar o ar, pesar o silêncio da casa, o abandono de tudo, para ter certeza, Maria Clara não tinha voltado.

4

Fecham as janelas, agora. O vento aumentara depois da tarde, e o banho de mar fora apressado, nuvens escuras baixavam sobre as águas, o temporal ameaçara mas o vento acabou levando-o para longe, para os lados de São Pedro da Aldeia. Ele e Maria Clara não chegaram a cair no mar. Apenas os rapazes: Sérgio, Fernando — e Pepino, o hóspede que trouxeram.

Não gostou quando viu que o carro, ao chegar pela manhã, tinha trazido uma pessoa a mais. Esperava os filhos, esperava a mulher — passara a noite acordado, vigiando as trevas — e eis que chegam todos, acompanhados por um estranho, ou acompanhando um estranho.

— Este é Pepino, papai. Pepe para a mãe dele. José Bordajo para o colégio.

Apertara sem prazer a mão do rapaz que sorria para ele. Não dissera nada, mas haviam combinado estrear a casa sozinhos, gozarem os primeiros dias entre si, depois sim, que viessem os estranhos, os amigos, os amigos dos amigos, mas não agora, quando os pequeninos encantamentos, as primeiras descobertas deviam unir a família em torno das recordações, das alegrias e dos espantos comuns. Sentia que a sua vida — e a vida de sua família, a crônica de sua família — iniciava nova fase, e não queria repartir com ninguém a sucessão de fatos que comporiam a placidez daquele cotidiano a que se julgava com direito e para o qual se preparara.

Ajudara os rapazes a retirar as malas do carro, abrira com má vontade o quarto dos hóspedes, que, por sinal, ainda não estava pronto, faltavam o colchão, roupas, alguns detalhes.

— Mais tarde arrumamos coisa melhor. Trago as almofadas lá de baixo. O quarto é seu. Fique à vontade. — E olhando tudo, as paredes, a janela que dava para o mar, o armário cheirando a madeira nova: — Você é quem vai estrear o quarto.

O rapaz não dera importância ao pormenor, aquilo não devia significar nada para os seus 17 anos, aceitara o convite dos amigos, aproveitaria a semana de mar, era um presente que lhe caíra do céu com ou sem colchão, dormindo no quarto dos hóspedes ou dos empregados, sendo o primeiro ou o último ocupante de uma estréia ou de uma ruína — tanto lhe fazia.

— Tudo está ótimo!

Ele então descera, procurara por Maria Clara:

— Não vai à praia?

— Agora não. Vou à tarde. Tenho de arrumar as roupas dos rapazes, trouxe mantimentos do Rio, tinha uma carta do banco.

— Abriu?

— Era um aviso. Vence no fim do mês. Quinhentos contos. Tem o dinheiro?

— Tenho. Tudo está bem. — E acrescentara, exagerando a mágoa: — Tudo está bem, por este lado.

Ela custara a entender a restrição. Só depois de algum tempo percebe a insinuação do marido.

— E há algum lado que não esteja bem?

Pensara em esconder o aborrecimento, mas sente-se forte demais para reprimir ou evitar o desabafo:

— Não gostei desse rapaz.

— Ué? É um amigo dos meninos! Não precisa ser nosso amigo!

— O problema não é esse. Em outra ocasião, teria alegria em receber qualquer amigo dos rapazes. Mas estamos na estréia de nossa casa, programamos isso há muito tempo: a primeira semana seria somente nossa, na outra, com os nossos filhos. Não haveria estranhos.

Ela o olha espantada:

— Não me lembro de termos combinado isso!

É verdade. Ninguém combinara nada, mas ficara explícito nas previsões lançadas ao acaso, nos gestos preliminares. Quando diziam "nós" eles entendiam que seriam eles apenas, não entraria mais ninguém.

Ele falou sério:

— Pode ser que não tenhamos combinado, mas desejávamos que assim fosse.

— Pois tivemos a nossa semana!

— Mas não teremos a outra!

— Não ligue para isso. Os rapazes têm vida independente. Para eles nós somos velhos demais, já amolamos.

— Sei, sei, os filhos crescem, libertam-se dos pais, isso está certo, mas...

Ela aperta o avental na cintura e passa junto dele.

— Não se aborreça por tão pouco. Ontem, quando cheguei em casa, já encontrei os três. Pedi que fizessem as malas e não houve jeito de mandar Pepino embora. Aliás, os rapazes já o tinham convidado, sem me consultar. Não tive outro remédio.

Por um momento, e aproveitando ter ela falado na viagem, quer perguntar pela demora, por que tardara tanto em regressar. Quase dizia: "Olhe, passei a noite agoniado, na poltrona, não tive coragem nem vontade de deitar."

Mas ela, como sempre, parecera adivinhar:

— Eles me pediram para vir hoje. Bem que desejei voltar ontem mesmo, mas tinham uma festa à noite, na casa de uma prima de Pepino, foram os três, pediram-me que os esperasse. — E como se reclamasse, ou apenas mudasse de assunto: — Precisamos de um telefone. Numa hora dessas faz falta. Eu poderia ter avisado, evitaria que você se preocupasse.

Com maldade, ele acende um cigarro:

— Não. Não me preocupei.

Não queria telefone ali. Construíra a casa, fizera sacrifícios, queria ficar livre dos compromissos, dos chamados que de repente o amarravam a uma porção de obrigações, a um complexo de deveres e embaraços. Ela reclamava, sentia falta do telefone, tinha os pais idosos, um aviso, uma necessidade, e ali, isolados do mundo, a horas de viagem do Rio, sem nenhum recurso para uma emergência.

Zona de atrito que vez ou outra se abria entre os dois. Na semana anterior, ambos sozinhos, a lassidão dos banhos, as horas desfiadas no sofá, as pernas enlaçadas, não surgira problema algum. Mas bastara a intromissão do mundo lá de fora, um estranho — e este nome mal se adaptava a um rapaz como Pepino —, e a zona de atrito se abria, ferida mal cicatrizada, qualquer coisa e sangrava, um filete inofensivo, pequenino, mas amargo.

— Nós combinamos não haver telefone aqui! Nisso não voltaremos atrás!

— Não se aborreça. Não estou pedindo telefone. Apenas estou dizendo que poderia ter avisado, evitava que você dormisse na sala...

— Não dormi na sala! Dormi na cama, muito bem, por sinal!

— Não seja tolo! A cama estava feita tal qual a deixei na véspera. Sempre dou um jeito nos lençóis para ver se você deita com outra na minha cama.

Ela já estava rindo. Passou por ele e beijou-o no pescoço. Não aquele beijo que não era beijo, mas insinuação e promessa, o roçar dos lábios de leve, carícia obscena. Agora beijava-o mesmo, estalando a boca em sua carne.

— Não brigue com a gente. Deixe os rapazes em paz, eles que aproveitem as férias. — Descera as escadas em direção à cozinha: — Você apanhou os mantimentos no carro?

— Deixei em cima da mesa da cozinha.

E antes que sumisse pela copa:

— Olhe, ia esquecendo, telefonou ontem uma dona procurando por você. Vera, conhece?

— Não.

— Ela disse que também não o conhece. Só queria marcar encontro com você, tratar de uns assuntos da irmã dela.

— Que irmã?

— Uma tal Elisa. Pelo modo como ela falou, essa você deve conhecer.

Não é o vento que traz as nuvens. Mas ele olha de repente o céu e está tudo toldado. Dentro dele, também, toldada a quietude — Elisa, sua antiga amante, telefone, a família da mulher, o amigo dos filhos, o aviso do banco, o mundo subira até ele, invadira seus domínios, vencera sua fortaleza, corrompera suas defesas, sente-se aniquilado, entregue às feras.

"Estou ficando com raiva deste vento."

Desce as escadas, vê a poltrona onde passara a noite. Na mesa próxima, aberto sobre si mesmo, o livro que mal começara a ler. Pensa em recomeçar a leitura, mas prefere guardar o carro na garagem. Com a pressa de descer, Maria Clara nem encostara o carro direito, deixara-o no meio da estrada.

— Você deixou as chaves no carro?

— Deixei. Aqui ninguém rouba.

— Mas no meio da estrada é perigoso.

Pelo jeito como acelera o carro — mais do que pela resposta mal-humorada — ela percebe que ele está insatisfeito e aborrecido. E como conhece o marido, sabe que o aborrecimento é fundo, deitará raízes, espalhará sombras em várias direções.

O vento continua, cruel, a soprar areia e mundo. O mar amarelou, encrespado, duro. Os rapazes não dispensaram o banho da tarde, apesar do tempo ameaçador. Ele e Maria Clara vão juntos, mas não faria sentido tomarem banho agora, à vista de outras pessoas, sem direito à loucura dos ladrilhos. Na antevéspera, Maria Clara aproveitara a praia deserta e tirara o maiô dentro d'água. Nadou nua, quando subiu numa onda ele chegou a ver o corpo branco da mulher aparecer, translúcido e leve, envolto pelas águas que o sol clareava. Ele ficou com o maiô da mulher na mão, sem saber o que fazer com ele. E quando nadou em direção a ela, quase uma onda arrebatou-o:

— Olha que você perde o maiô! Vou ter de sair nua da praia.

Mas ela não saíra nua. Ele a ajudara na complicada operação de vestir o maiô, tirar fora fácil, ela o fizera sozinha, mas vesti-lo era difícil, ele teve de se abaixar e apertar as coxas dela que pareciam maiores dentro d'água, e comprimi-las para dentro do maiô, que paradoxalmente parecia menor.

Aquilo fora na antevéspera, mas era como se tivesse acontecido no ano passado, ou havia dez anos. Ou nunca.

Agora, os rapazes tomam banho nas mesmas águas que a envolveram nua. Sérgio nada melhor que os demais, mas Pepino tem corpo bonito, alourado, é mais alto que os outros dois, mas há em seus olhos um gosto frio que esconde ambição, crueldade.

Maria Clara surpreende-o observando o rapaz.

— Sabe? Ia me esquecendo, mas Fernando me avisou, os pais de Pepino estão separados, o rapaz sofre com isso, não faça perguntas sobre os pais dele.

— Estava pensando nele.

— Como?

— Veja! Sérgio nada melhor, Fernando é o mais bonito, e Pepino, apesar daquele corpo todo, é o mais retraído, tem inibições. É capaz de perversidade.

— Você está prevenido contra o rapaz.

— Não é prevenção. Já disse: em outra época, em outra circunstância, estaria satisfeito em receber os colegas dos rapazes, Pepino ou qualquer outro, quem escolhe os amigos deles são eles mesmos, aceito-os, é tudo. Mas não agora. — E sério, abaixando a voz para forçar tristeza ou desapontamento. — Sinceramente, não gostei.

— Não pude evitar. — E antes que o assunto recomeçasse, ela olha o céu: — Desta vez chove. Veremos se o telhado funciona mesmo, aquele lado de nosso quarto que você quis sob o terraço, vamos ver se dá ou não dá infiltração.

Obstinado, ele apanha a palavra:

— Infiltração. Isso mesmo: infiltração.

E sente-se infiltrado.

Ela então deixa-o só e procura com os pés medir um passo regular sobre a areia. O vento desfaz as marcas que seus pés vão deixando, e além do mais, ele voltara a caminhar a seu lado, persistente e duro.

— Olhe, eu queria medir minhas passadas, mas você embaralhou tudo.

— Foi o vento.

Ela desanima de calcar os pés contra a areia. Olha o céu. O vento sopra mais forte, enxotando as nuvens para fora. Não chovera, apesar de as nuvens lá longe terem quase roçado o mar, de pesadas e fecundas.

Ele agora fecha as janelas, para impedir que o vento se infiltre pelas frestas, trazendo aquela areia cortante que fere o rosto quando bate mais forte. Os rapazes, após o jantar, tinham subido. Fecharam-se no quarto, riam alto, e ele fingira ler a novela policial, esperando a hora de Maria Clara acabar com o serviço da copa.

— Está ventando muito. — Ela vem lá de dentro guardando o avental.

— Já fechei as janelas.

— Estou começando a odiar este vento.

Deixa o livro em cima da mesa, aberto. Quando acaba de verificar as portas, vê Maria Clara com o livro.

— Você está decorando este livro?

— Por quê?

— Está na mesma página de hoje de manhã. — Lê em voz alta: — "Davis vestiu o sobretudo e caminhou a largas passadas em direção a Bette. A loura esperava por isso. Deu um sinal com os dedos e por trás do biombo de Jamaica surgiram dois homens, nus da cintura para cima, e avançaram sobre o detetive. Davis tentou evitar o soco, mas só então percebeu que havia um terceiro personagem dentro daquele quarto: sentia a garganta brutalmente estrangulada pelos braços de um crioulo que respirava forte e grosso sobre sua nuca. Apertando mais ainda os dedos contra sua garganta, o crioulo obrigou-o: 'Peça perdão à senhorita!'" — Maria Clara interrompe a leitura: — Bette é mesmo senhorita?

— Sei lá! O negócio está esquentando agora!

— É. Está tão quente que você não passou ainda da quinta página. Uma noite inteira, em claro, e não conseguiu passar da quinta página! O autor não gostaria de saber disso.

O tom é metálico, agressivo. Ele pensa em render-se, pedir clemência, tudo bem, estão na casa ambicionada desde os primeiros anos de casamento, todos os sacrifícios tinham aquela recompensa, e não podiam estragar aquilo tudo, aquela soma e aquele acréscimo de sacrifícios e esperanças, de preocupações e compensações.

Ela cai em seus braços, penalizada, súbita, crispada de ternura e remorso.

— Por que nos maltratamos assim? Está tudo perfeito, tudo está bem.

Abraça a mulher, maquinalmente, a entrega fora muito rápida e inesperada para curar suas mágoas, suas inquietações.

— Sim, sim, tudo está certo.

O "tudo certo" significa que assimilara o hóspede, já o aceitava em seu cotidiano, em sua estréia. Significava ainda: que esquecera a noite em claro, a ausência da mulher.

Tudo certo — e só então repara que o vento parara de gemer. O silêncio envolve a casa: o mar, longe, parara de bater.

— Tudo certo?

— Não: tudo bem.

— Prefiro o certo.

— Eu prefiro o bem. No fundo, dá no mesmo.

— Sim. Dá no mesmo.

Aperta-a pela cintura, tem medo de desejá-la. Não a quer naquela noite. Deseja-a de outro modo. Que ela segure sua mão — frágil mão. Que ela afague seus cabelos, e que as sombras se dissolvam ao contato daqueles dedos — mágicos dedos que enchem suas noites de entrega, de proteção.

5

O aviso veio pelo menino que vivia lá pelas bandas dos pescadores: a Mercedes atolara no areal, os rapazes não sabiam como tirá-la, pediam ajuda.

Os olhos de Maria Clara são aflitos quando pergunta:

— Você vai lá?

— Pouco adianta, mas vou.

Ela aproveita para falar sobre o telefone, a falta que fazia.

— Podíamos telefonar para o socorro, você nem precisava se amolar.

— Que socorro? Só tem socorro em Magé. Ou no Rio. Para vir reboque aqui é preciso dias. E, se o carro estiver mesmo atolado, só com reboque.

Intimamente, sente falta também do telefone, mas não dará o braço a torcer. Resolve adiar o problema para mais tarde: "Mais tarde volto a pensar sobre isso, talvez reconsidere, afinal um telefone está fazendo falta."

Caminha pela estrada, até que passa um caminhão. Pede carona.

— É para ver um carro que atolou aí, com os meus filhos.

— Sobe!

Sente-se obrigado a condenar os rapazes:

— Eles pensam que isso é outro mundo, que as leis não foram feitas para serem usadas aqui, e aí está, vai ver que o carro está de rodas para cima.

O motorista conhece casos dramáticos:

— Tem gente que se engana com as areias. Pensa que tudo é firme como asfalto, vai metendo os peitos, termina mal.

Cita um fato de verão antigo, o rapaz metera-se a correr pela praia do Forte, rodou de repente, bateu nas pedras, caiu lá embaixo, puxaram o carro no dia seguinte, o rapaz só foi aparecer na outra semana, longe, lá perto das ilhas, comido pelos peixes, recheado de camarões e caranguejos.

Pedem informações aos passantes. Ninguém tinha visto o carro. Mas o menino dos pescadores garantira que era coisa para meia hora a pé, deviam estar perto.

— Acho que é aquilo ali!

A Mercedes está semitombada, as rodas da frente enterradas pela metade na areia, as traseiras atoladas na lama formada pelos restos da maré alta do dia anterior, que ali empoçaram e apodreceram. Os rapazes cavavam desesperadamente na frente, procurando aliviar as rodas dianteiras.

Pepino tentava endurecer a lama que prendia as rodas de trás, juntava capim e gravetos. Sérgio e Fernando, de joelhos, arrancavam areia em grandes braçadas.

— Isso não vai dormir aqui, pai. Daqui a pouco nós tiramos essa droga.

— Vocês mandaram recado, estou aqui porque me chamaram.

Há espanto neles:

— Aquele menino é idiota! Nós pedimos só para avisar, para explicar a demora, o senhor não precisava se incomodar, nós quebramos esse galho sozinhos.

Ele balança a cabeça:

— Assim vai ser difícil. Podem cavar até a madrugada que não adianta. — E reparando Pepino: — O único que está usando a cabeça é Pepino. O negócio é lá atrás, na tração, aqui na frente não há problema, se a tração funciona as rodas da frente sobem sozinhas.

Curva-se para examinar. As rodas de trás estão enterradas no lodo. As dianteiras só têm areia pela frente, areia firme, quase sólida. Vai ao carro, liga a chave, dá batidas firmes no acelerador para ganhar pressão, quando tira o pé da embreagem sente o carro tremer, os pneus traseiros mandam lama para cima.

— É. Não adianta. O carro afundou muito. O jeito é pedir socorro.

Os rapazes esperam pela sanção adulta. Sim, só o socorro — concordam rapidamente — e param de cavar a areia.

— O diabo vai ser arranjar o reboque.

— Não há reboques por aqui.

Ele sabe que não há auxílio por perto. Durante a construção da casa, um dos caminhões que traziam material quebrou a transmissão, esperou três dias pelo socorro de Magé. Do Rio — garantiram — demoraria mais ainda. Deixar a Mercedes tanto tempo em cima da areia, a poucos metros da arrebentação, era perder o carro. Ao cair da tarde, a maré começaria a crescer, e se crescesse muito poderia até arrastá-la. O vento já castigava a pintura, os cromados e os vidros estavam gosmentos de areia e sal.

Pepino sugere caminhão, na cidade alugariam um, era amarrar a corda e puxar.

Um mulato passa de bicicleta, aproveitando a direção do vento para atingir a cidade antes que o nordeste virasse: pedalar contra o vento é inútil naquele trecho.

O homem oferece:

— Dou carona até a cidade. O vento ajuda.

Pepino oferece-se, mas ele prefere que o filho mais velho vá.

— Vai você, Sérgio, vê se arranja qualquer coisa, mas depressa, olha que a maré sobe de repente, e adeus Mercedes.

O filho senta-se no quadro da bicicleta, o mulato arreganha as pernas para pedalar mais à vontade, e somem na curva do fim da praia, rumo à cidade. Ele vai ao carro então, senta-se no pára-lama e olha o mar, com raiva:

— Quem foi que atolou o carro?

Fernando vai dizer alguma coisa, mas Pepino é rápido:

— Fui eu. Sérgio e Fernando já tinham feito as voltas, eu fui fazer a minha, saí da estrada, peguei a areia, pensei que ela fosse firme e agüentasse o peso, de repente derrapei e aí está.

Haviam apostado. Sérgio fizera suas voltas em menos de cinco minutos, o percurso todo, ida e volta. Fernando levara quase oito minutos. Pepino tentara o atalho para ganhar tempo, estava habituado a um carro pequeno, do pai dele, fazia misérias com o carrinho, não pensava que a Mercedes pesasse tanto.

— Nunca tinha dirigido Mercedes?

— Nunca. Quer dizer, quando viemos do Rio, dona Maria Clara deixou que eu dirigisse um pouco, logo na saída de Niterói. Dei 120.

Fernando confirma. E ele quase felicita Pepino pela façanha. Conseguira dar 120 na Mercedes, isso não chegava a ser uma façanha especial, o carro andava tinindo, daria até mais, é máquina para voar. O extraordinário é que dera 120 com Maria Clara ao lado, ela que se queixava quando ele atingia os 90, que nunca deixou que ele passasse os 100, que ameaçava saltar do carro quando ele insistia em correr.

Não diz mais nada. Levanta-se, vai à linha de arrebentação, percebe que a maré começava a subir.

— A água está subindo. No outro dia, quando fui ajudar os pescadores a trazer a canoa do mar, a maré custou a crescer, esperamos, esperamos, e ela parada, imóvel. Só começou a subir à noite. Agora, que a maré podia ficar quieta, esperar mais um pouco, já está inchando, se não tivermos sorte perdemos o carro, ela cresce depressa nesta época do ano, pode inundar o carro, a máquina, é jogar fora depois.

Espera a marola bater e espalhar-se pela areia. Finca um caniço podre, amolecido pelas águas, que encontrara por ali. Com ele, marca o ponto mais distante que a arrebentação atingira.

— A água está batendo aqui, no caniço. São duas e meia. Às seis, a maré já deve estar lá em cima. — E aponta um trecho que corta o carro pela metade. — Se ela continuar subindo, às sete é capaz de apanhar o carro todo, inclusive o motor.

Deixa os dois rapazes ali e vai andando pela areia contra o vento, os olhos ardendo. Exagerara as previsões, dificilmente a maré subirá tanto, mas sente-se vingado ao repartir com os rapazes a preocupação, arrasando-os de culpa e remorso.

Não pensa mais no carro, no atoleiro. O embaraço chateia-o, mas não o preocupa realmente. Sabe que, de uma forma ou outra, o carro acabará saindo dali, o estrago já fora feito, era levá-lo, agora, para a lubrificação em regra, a inspeção severa dos eixos, das rodas, do diferencial; no mais, limpeza e óleo.

Se o carro não o preocupa, a quebra de sua rotina aborrece-o com mais intensidade, agora que tem um motivo concreto para ficar realmente aborrecido.

Destinara aqueles dias para si, para Maria Clara, para os rapazes. Eles podiam arrebentar o carro ou a casa, mas que tudo ficasse entre eles. A presença de Pepino abre um flanco em sua solidão a quatro. E fora Pepino, justamente, o desastrado, o culpado. Os rapazes, por mais que ousassem, sempre respeitavam o carro, custara caro, e fora um capricho, ele ganhara um dinheiro inesperado e resolvera luxar, o pai de Maria Clara havia mandado buscar carros nos Estados Unidos para toda a família menos para ele, que não tinha dinheiro para agüentar o rojão dos Viana. Veio a vingança, então. Um conhecido recebera uma Mercedes especial, fora de série, as peças internas eram cromadas, o carro valia uma fortuna. Comprara com vantagens.

E mãos estranhas faziam aquilo. Empacavam-no na areia, cravavam-no sordidamente no lodo. Os aros prateados, as molas blindadas, tudo aquilo ficava na lama.

"Deu 120!"

Um escárnio. Maria Clara gostava de dirigir, recusava o volante aos filhos, e sempre exigia marcha moderada, acima dos oitenta era loucura, ele ouvia desaforos quando insistia e pisava o acelerador, até chegar aos cem.

"Deu 120!"

Olha o mar. Vê a onda formar-se lá longe, um pedaço de alga bóia ao sol, na água translúcida. Lembra o corpo de Maria Clara, nu, dias antes, deslizando pelas mesmas águas, alga esguia, translúcida também. Tudo isso está longe, tomam agora banhos formais, vão todos para a praia e mais parecem uma família suburbana que aproveita a praia.

Nos últimos dias Maria Clara nem chegara a ir, preferia ficar em casa:

— Não posso tomar banho. Só no sábado.

Ele sabia o que era, mas assim mesmo sentia-se ofendido com a deserção, não custava que ela fosse com eles, ficasse na barraca, em cima da esteira. Ele não sabia o que fazer na companhia dos rapazes, nadavam melhor que ele, aventuravam-se lá longe, mergulhavam fundo, e quando ele tentava acompanhá-los, os rapazes paravam, "para poupar o fôlego do velho" — foi o que ouviu Fernando dizer para Pepino, na tarde em que tentou ir mais longe.

Ouve o grito. Volta-se. Não percebera que andara tanto: está quase do outro lado, onde a praia faz a curva entre as pedras e vira para o mar, até o Pontal, onde faz outra curva, a fim de formar nova enseada.

O vento traz a voz dos rapazes, os três berram juntos para vencer a distância e o vento contrário:

— Ei! Ei! Pai!

Sente uma coisa desagradável: Pepino está formando coro, abraçado aos outros, chamando-o de pai também. O pensamento lhe dá repugnância. Acena para eles, mostrando que já ouvira, e para impedir que Pepino continuasse chamando-o de pai.

Caminha contra o vento agora, a areia cansa mais, os pés atolam, pesados, no terreno fofo.

Não acredita quando chega junto e vê: ao lado da Mercedes, imóvel e submissa, uma junta de bois.

— Que que é isso?

Sérgio está contente pela façanha:

— Não encontrei reboque. Tinha um, mas o motor estava rateando, o camarada não quis nem tentar. Me aconselharam boi.

— E onde você arranjou boi?

— Na cidade me informaram, o Cearense tem uma junta para carregar areia, ele topou, os bois são fortes.

Sim, os bois são fortes, pés enormes fincados na areia, inarredáveis, e há correntes e uma corda.

Cearense tira o chapéu:

— É, doutor. Já estou habituado a isso, veranista termina atolado por aí. Esses bois já tiraram muito carro da areia.

Pepino vai lá embaixo, passa a corda grossa pelo chassi. O homem amarra a outra ponta num dos elos da corrente. Os bois abanam o rabo, impacientes, sofrendo com o vento que continua a soprar.

A maré subira, realmente. A estaca de caniço que ele fincara na areia fora levada, a linha de arrebentação está a menos de dois metros da traseira do carro.

— Amarrou, Pepino?

— Espera mais um pouco. Deixa prender bem.

Os pés de Pepino sobram do carro, duas pernas musculosas, uma penugem alourada, os músculos torcem-se quando o rapaz faz força. Cearense dá um estremeção na corrente e um dos bois ameaça sair do lugar, o carro range, Sérgio grita:

— Olha, Pepino está embaixo do carro!

Cearense ri, tranqüilo:

— Pode deixar, o Navegante é assim mesmo, indócil, mas quem manda é o outro, com ele fincado ninguém sai do lugar.

O serviço está pronto. Pepino vem lá de baixo, o rosto congestionado pelo esforço recente, as costas polvilhadas de areia.

Cearense acocora-se junto ao carro, espia para ver se tudo está bem, experimenta mais uma vez a ligação da corda com a corrente, dá uma palmada na ilharga de um dos bois, grunhe o som prolongado e estranho, canto apenas esboçado, que finda no único acorde:

— Oooooô!

Os bois abaixam a cabeça, o da esquerda vai um pouco para o lado, apruma-se, desenterra a imensa pata da areia, a corrente estica, a corda estala, as rodas do carro rangem contra a areia, a Mercedes estremece e os bois erguem novamente as patas para outro passo, as cabeças inclinam até o peito no esforço inicial e mais difícil, a primeira polegada tem de ser vencida contra a inércia, contra o peso e a posição do carro, contra o fofo do lodaçal. Cearense dá outro grito-canção — e a Mercedes treme, inteira, os pneus dianteiros surgem livres do areal, a traseira empina em solo mais firme, e o carro avança, seguro, sólido, salvo.

Sérgio e Fernando, que haviam feito força na parte de trás, afagam a carroceria. Pepino chupa o dedo que se ferira embaixo do carro.

Ele se aproxima do rapaz e se interessa pelo dedo:

— Deixa sair o sangue. Lá em casa eu faço curativo.

— Não foi nada, a mão resvalou lá embaixo, o dedo se feriu no feixe de molas.

O carro está na estrada, dominado. Os bois seguem, insensíveis à glória da missão cumprida. Cearense pergunta se basta, ele diz que sim, as quatro rodas já estão no asfalto. A um grito de Cearense, o boi da direita pára abruptamente, fazendo o companheiro dar um passo em falso para a frente, até que a canga o imobilize, ao lado. O carro avança mais um pouco, afrouxando a corda ao diminuir a distância que o separa da junta dos animais. A corrente cai a seu próprio peso e faz o barulho seco no chão.

Pepino prepara-se para ir novamente ao chassi, mas ele o impede:

— Deixa, Pepino, você está machucado, o Sérgio vai.

— Mas fui eu quem atolou o carro!

"Banca o nobre agora", pensa, surdamente, com vontade de ser desagradável ao amigo dos filhos. Termina se controlando:

— O Cearense vê isso para a gente.

Cearense nem precisa ir lá embaixo. Agacha-se no pára-choque dianteiro, e, com solavancos, consegue desfazer parte da laçada. Depois, libera a corda. Os bois andam mais um pouco, arrastando a corda pelo chão.

— Pronto. Agora, é ver se o carro pega.

Sérgio ri na cara do homem:

— Isso é Mercedes, não enguiça assim à toa.

Cearense confia mais nos bois:

— Esses é que não enguiçam. E têm uma vantagem: não atolam.

Fernando está no carro, virando o arranque. O carro pega rápido, soltando fumaça de gases acumulados pelo esforço anterior.

— O.k.

Cearense tira o chapéu, para a despedida e paga.

— Quanto é?

— O preço combinado, doutor.

Sérgio combinara três contos, era muito, mas trato é trato. Cearense vive disso, e boi custa dinheiro, compra capim longe, que o da região é áspero demais.

— Muito obrigado, doutor. Qualquer embaraço é só chamar o Cearense. O menino sabe onde é.

Sérgio está ao volante, esperando o pai.

— Chega pra lá!

É seu primeiro momento de mau humor, agora que tudo está acabado. Os rapazes esperam pelo sermão, é a hora das reprimendas, mas não há sermão nem reprimendas. Limita-se a enxotar o filho para o lado, Fernando e Pepino vão lá atrás, quietos, à espera do pior.

O protesto, a raiva, a tarde perdida ficam resumidos naquele "chega pra lá" brutal que atira na cara do filho. E na arrancada furiosa que faz a Mercedes empinar contra o vento.

Quando tira o pé do acelerador para engrenar a segunda, ouve o grito-canção do Cearense enxotando os bois:

— Oooooô!

Aperta o acelerador até embaixo, deixando para trás a nuvem de areia e fumaça.

Fernando vira-se para ver o rastro deixado pelo carro.

— Olha, Pepino, foi aqui que você começou a derrapar. Veja a marca dos pneus quando você saiu da estrada!

— Eu estava a noventa!

— Não era muito. Pensei que estivesse a cem.

— Eu ia mais devagar que o seu pai agora.

— E agora, a quanto estamos?

Olham o velocímetro. O pai está duro, olhos fixos na estrada, o vinco mau nos lábios.

Sérgio lê a marcação para todos:

— Cento e vinte!

6

Verifica as portas de trás, corre a tranca da cozinha. Os basculantes não fecham direito, precisa forçar a alavanca para que o vento pare de se infiltrar. Olha em torno numa última inspeção: tudo arrumado e vazio. O fogão desligado de sua botija de gás, o filtro travado, a geladeira oca. Roda o botão de controle até coincidir a marcação *vacation* com o ponto azul. Instantaneamente, o motor pára de funcionar, e logo depois torna a roncar, mais lento, com menos barulho, um ritmo suave.

Lá em cima, Maria Clara arruma as últimas coisas. Os rapazes já tinham descido. As duas semanas passaram rápidas e boas — apesar de a presença do hóspede quebrar a solidão que haviam programado.

A primeira semana, sim, fora perfeita, total, ele e a mulher sozinhos, os banhos de mar, a lassidão das tardes, o aconchego das noites, as loucuras no banheiro.

Se contasse aos amigos: "Isso sim, foi uma lua-de-mel!" — ririam dele, ou não acreditariam. Lua-de-mel após 16 anos de casados, com filhos quase homens!

Bem diferente da outra lua-de-mel, aqueles trinta dias em hotéis, em São Paulo, em Montevidéu, em Buenos Aires, em Bariloche! Procura recordar alguma coisa daqueles dias insípidos, sem significação: Maria Clara escrevendo postais para as amigas, para a família. E os projetos, as recordações do casamento recente — e, sobretudo, nele, o pavor pelo futuro, as inquietações, os pressentimentos.

Dois estranhos que mal se conheciam, que nem sequer tinham tido tempo nem vontade — ou capacidade — de se estudar. E Maria Clara passiva, achando tudo certo, e ele atordoado para querer realmente alguma coisa, deixando-se levar, quanto menos pensasse e agisse melhor para ele, o paraíso resumia-se em se deixar levar na crista de uma onda que — segundo todas as probabilidades — deveria dar certo.

Deu certo, é verdade, mas em outro sentido. Custou a achar rumo, mas se espraiava agora, na enseada de uma vida finalmente organizada por eles, gozada por eles. A casa em Cabo Frio seria o marco. Até ali, houvera o longo aprendizado do amor, da vida. Chegavam agora a lucidez e a tranqüilidade, o cotidiano desejado e comandado por ambos.

"Sim, esta casa é um marco!"

Olha a sala de estar, as poltronas, a estante de livros, a inútil lareira com sua boca de ladrilhos vitrificados cor de fogo.

Um marco. Lembra o incidente da semana anterior, o carro atolado na areia, colocara um marco também, o caniço amolecido e podre pela água, para medir o crescimento da maré. O carro se salvara — mas a maré não respeitara o marco, sacrificando-o.

A casa não seria marco frágil, caniço apodrecido, mal fincado na areia, que qualquer marola arrastaria para sempre, e inapelavelmente. É uma casa cravada em estacas modernas, bom material, de primeira, devia algumas letras, quinhentos contos no fim do mês, mais um pouco no fim do ano — e estaria paga, dele.

Tudo saíra sólido, a casa, os recursos — sente-se potente e comovido de estar realmente forte.

"Quarenta e um anos!"

Aperta o corrimão da escada que leva aos quartos, para sentir entre as mãos, sólida e macia, a sua potência, a sua maturidade, a sua segurança. Apaga a luz e sobe.

Maria Clara espera por ele. Fora ela quem arrumara aquela noite. O plano dele era descerem juntos, a Mercedes cabia, viajariam todos, eles e os três rapazes. Ela dera o contra:

— Não. Os rapazes podem ir na véspera, tem ônibus até o Rio.

— Mas o carro dá para todos!

— A gente tem de levar tanta coisa!

— Quase nada. Na vinda para cá, sim, trouxemos mantimentos, roupas, mas agora é a volta, só a gente, e o carro é grande.

— Mas os rapazes descem de ônibus. Será até bom, vão abrindo a casa, chamam as empregadas, quando chegarmos, tudo estará arrumado.

O argumento era bom e os rapazes gostaram da idéia. O ônibus dava volta imensa, ganhava a estrada nova que abriam para Friburgo, desembocava depois em Teresópolis, valia por um passeio, Pepino não conhecia nenhum daqueles lugares.

De manhã cedinho, ele tirara a Mercedes da garagem, acordara os rapazes, preparara o café deles. Logo desceram, os rostos lavados, só Pepino trazia maleta, os outros vinham de mãos abanando.

Levou-os à cidade, o ônibus partia cedo.

— Não esqueçam de telefonar para as empregadas, avisar que chegamos. Podem mandar fazer o jantar de amanhã, jantaremos todos.

Pepino estendeu-lhe a mão:

— Obrigado. Não esquecerei estas férias.

— Nem eu.

O ônibus roncou forte e fez a curva na praça central. Logo desapareceu, mas ele ouvia ainda o esforço do motor vencendo a pequena ladeira que levava, pela rua da Matriz, para fora da cidade.

O primeiro ímpeto foi voltar correndo para casa, aproveitar o dia inteiro e último que se abria pela frente, a casa vazia, talvez um banho à tarde, com Maria

Clara. Mas demorou a chegar. Bateu estrada em sentido contrário, passou por uma espécie de roçado que nunca tinha visto por ali, viu uns bois jogados pelo capim que procurava nascer no terreno arenoso, dois daqueles bois tinham salvo a Mercedes que agora vencia a estrada, triunfal, macia.

Apertou o acelerador. Deu 110 com facilidade, mas insistiu e não obteve marcha maior. Culpou a estrada, surgia uma curva e ele tinha de reduzir a velocidade, mas aproveitou a reta, deu tudo, o velocímetro subiu firme até os 120. E subiu mais.

Voltou — e já era quase meio-dia. Gastara a manhã à toa, correndo contra o vento.

Maria Clara esperava-o para o almoço.

— Onde esteve?

— Por aí.

— Demorou tanto!

— Experimentei o carro para a viagem de amanhã. Está desenvolvendo pouco.

— Dá para chegar ao Rio. É o que importa.

— Mas não está passando dos 150. Um carro desses deveria dar duzentos fácil.

— Para que dar duzentos? Não gosto de correrias!

— Soube que você andou correndo quando veio do Rio com os rapazes. Deu 120.

— Eu? Eu não passo dos oitenta!

— Mas os rapazes disseram que o carro deu 120.

— Não fui eu. Eles me pediram para dirigir, foram se revezando, um deles talvez tenha dado 120, não reparei, sei que os meninos correram, mas não reparei o velocímetro.

— E você deixou seus filhos darem 120?

— Quem deu 120 foi Pepino!

Almoçou pouco. Contra a vontade, e paradoxalmente, sentia a casa vazia, agora, sem a algazarra e o tamanho dos rapazes. Tentou ouvir um disco, escolheu o compacto que Sérgio ganhara de um amigo, aumentou o volume para obter barulho idêntico ao que o rapaz tirava do som.

Maria Clara reclamou:

— Agora é você!

Ela não gostava do barulho nem do disco. Pensava estar livre do gosto dos rapazes, e vinha o marido com as mesmas manias.

— E olha, esse tipo de música não combina com você!

Resignado, retirou o disco do aparelho. Procurou pela estante o romance policial que andara lendo. Havia marca no trecho onde parara: página 5, ainda. Duas semanas e lera cinco páginas.

Sentou-se na mesma poltrona onde gastara a noite esperando pela mulher e pelos filhos. Conseguiu avançar até a página 37. A loura fora raptada por uma quadrilha rival, de criminosa tornava-se vítima, o detetive tentava descobrir onde andava a loura, lutava contra o relógio, a cada minuto diminuíam as possibilidades de salvá-la, e o mistério aumentava e o detetive se arriscava, até que se arriscou mesmo e caiu na armadilha infernal: tomou um avião para Calcutá pensando que fosse vôo de carreira e o avião não era de carreira, era da quadrilha. Amarrado e amordaçado, com um peso na cintura, ia ser jogado no Pacífico, bem longe da costa.

— Como é? Já sabe quem é o criminoso?

Maria Clara vinha de short, pela abertura da blusa via-se o pedaço azul do maiô.

— Vai à praia?

— Sim. Quero aproveitar o último dia. — E depois, com um pouco de vergonha: — É o último banho.

— Haverá outros banhos.

— Não será a mesma coisa.

Ele fechou o livro bruscamente. Ela reparou:

— Olha, você não marcou a página!

— Não precisa, a leitura acabou, o livro é ruim.

— Você vem comigo?

Olhou lá fora sem interesse. O sol era pouco, havia nuvens escuras ao sul, o mar estaria pardo, grosso, sem a luminosidade de outras tardes.

— Vou. Mas não tomo banho. Fico na praia, esperando você.

Ela virou o rosto e ele ficou sem saber se aquilo lhe agradava ou não.

Acompanhou-a sem vontade, arrastado, levantava os olhos e via a silhueta da mulher, caminhando na frente, adivinhava os quadris, as pernas longas e fortes. Teve medo de desejá-la.

— A água deve estar fria.

Maria Clara pára, olhando o mar. O vento soprava de manso, trazendo o frio salgado e incômodo das águas. A praia estava deserta, o imenso areal perdendo-se de ambos os lados. Lá longe, junto às pedras, uma canoa abandonada.

— Sim, está frio.

Ele concordava, submisso. Maria Clara foi até a orla, esperou que a onda arrebentasse e subisse a camada de espuma fervente. Juntou os calcanhares e esperou pela água, para medir a frialdade.

— Uma pedra!

Não havia vontade de cair. Ele percebeu que a vinda à praia fora uma atitude dela, tentativa de ressuscitar o passado recente demais para estar definitivamente morto e necessitado de verdadeira ressurreição.

Desde que os rapazes chegaram, não se tinham um ao outro. A lassidão dos primeiros dias, as procuras da primeira semana estancaram de súbito. Viveram lado a lado, estranhos, falando as palavras necessárias, fazendo os gestos indispensáveis, como marido e mulher que eram: habituados um ao outro e fartos um do outro.

Agora, na última tarde, ela mandara os rapazes para o Rio a fim de ficar sozinha. Inventara a ida à praia como pretexto, se ele estivesse de calção ela já teria avançado sobre o mar e partido as ondas — apesar do frio que era verdadeiro e forte.

— É melhor voltarmos.

— Sim, é melhor voltarmos.

As nuvens baixavam cada vez mais, e grossas, escuras, inchadas de chuva e trovões. O vento começava a levantar areia, cortando as pernas nuas da mulher. Ele sentia os cabelos pegajosos de sal e umidade.

Regressaram juntos, lado a lado, chegando-se um ao outro à medida que avançavam. Volta bem diversa de outras voltas e de outras tardes — das primeiras tardes — quando o sol do inverno esquentava ainda, e ambos vinham molhados, tremendo de frio, roçando as carnes salgadas, e a promessa da casa que os esperava, em silêncio.

Para pular onde havia a poça de lama, Maria Clara pediu a mão dele. Os dedos se encontraram no espaço aberto entre os dois. Havia avidez naqueles dedos: não mais se separaram.

"Na ida para a praia, ela pulou esta poça sozinha."

Ela encostou a cabeça em seu rosto. Apertou-o pelas costas, sentindo-o. As pernas nuas misturaram-se com as dele, e o desejo brotou em ambos, adocicado, doloroso.

— Vamos. A casa é só nossa. Temos a noite toda, tudo está pronto.

Ela vergava, frágil. Ele apertou-a pela cintura, aproximando os quadris da mulher, até apertá-los com força, inteiros, em suas mãos.

— Estou com vontade.

Subiram apressados, na escada ele agarrou-a, tombaram nos degraus:

— Tira o short!

— Lá dentro, lá dentro!

Não houve a loucura dos primeiros dias, quando ela ia se despindo pela casa, fingindo fugir de seus dedos e de seu desejo. Agora, o leito lá estava, arrumado e formal, para aquilo mesmo. Se houvessem caído na água, o banheiro substituiria a cama. Não houvera mar, não haveria loucura — sobrava a cama habitual, a posse habitual. O hábito.

Mas havia desejo em ambos, pouco de angústia, também. Desforraram as duas semanas passadas lado a lado, como estranhos, as noites que nada significavam, os dias que nada acrescentavam a um e a outro.

— Estou triste.

Ela diz isso após o prazer. Fechara os olhos e suspirara, como se nunca houvesse sentido aquela espécie de prazer. E repetia:

— Estou triste.

— Eu também.

Sim, as férias acabavam, as três semanas de inverno que ficariam marcando a inauguração da casa. Agora, só no fim de ano, quando os rapazes voltassem para as férias de verão. Teriam, então, não as três semanas apertadas, o mar frio, as frias águas, o vento desagradável e pastoso de sal, o sol morno.

Seriam dois meses profundos de sol e calor, a praia a qualquer hora, inclusive à noite. O diabo seriam os hóspedes.

— Você pretende convidar alguém para o verão?

— Não.

Olhando o teto, dura, Maria Clara dissera um não enérgico.

— Não convidarei ninguém. Quero estar sozinha aqui, com você e os garotos.

Os garotos.

— E se os garotos convidarem alguém?

Ela deu de ombros:

— Ora, serão outros garotos também, pouco incomodarão. Mas se você não quer, pode-se avisar, eles não convidarão ninguém.

— Não é justo. A casa é deles também. Não se pode fazer nada.

Ela virou de bruços para os bordos da cama, os braços esticados ficaram fora do leito. Parecia ter pensado em alguma coisa desagradável e ele percebeu isso.

— Que que há?

— Nada. Pensei uma coisa.

Ele acendeu o cigarro e esperou que ela falasse. O silêncio prolongou-se, inutilmente, sem motivos. Ela permanecia imóvel, os braços fora da cama, nua, a nuca triste e frágil.

Ele murmurou:

— Também estou pensando numa coisa.

Ela deu um salto e agarrou-o mais uma vez e se amaram, sem fúria, mas com um desespero tranqüilo que a fez chorar de repente.

— Tenho medo.

— Eu também.

Não disseram do que tinham medo, mas se entendiam no medo que ignoravam e onde se procuravam.

— Acabou!

Caíram, lado a lado, acabados também, e sabendo que haviam acabado. Dormiram nus, enlaçados, e só mais tarde, quando a noite ia alta, o vento mais frio acordou-os.

— Não fechamos a casa direito.

Ele desceu. Ela já havia arrumado as coisas, tudo estava pronto para a viagem do dia seguinte. Verificou as portas de trás, correu a tranca da cozinha. Os basculantes não fechavam direito, precisou forçar a alavanca. Olhou em torno, numa última inspeção: tudo arrumado e vazio. O fogão desligado de sua botija de gás, o filtro travado, a geladeira oca. Rodou o botão de controle até coincidir a marcação *vacation* com o ponto azul. Instantaneamente, o motor parou de funcionar, e logo depois tornou a roncar, mais lento, com menos barulho, um ritmo suave.

Sobe as escadas pensando: ritmo. O amor é uma questão de ritmo, deve ser isso. *Vacation.* Férias. Maria Clara de pijama agora, pronta para continuar o sono interrompido. Alguém mexera no botão de controle e tudo parara e recomeçara com outra intensidade e sabor.

— Desligou a geladeira?

— Não. Botei em *vacation.*

Beija-o no ritmo igual que se formara ao longo de 16 anos de noites iguais. Pensa que não irá dormir. Mas o sono bate forte, inesperadamente brutal.

Sonha outra vez com cenas de sua infância, um pedaço de quintal onde havia bananeiras e um trem que levava um caixão de defunto, passando em silêncio sob as suas janelas.

Quando acorda, Maria Clara já tinha tirado a Mercedes da garagem. Tomam um café rápido e embarcam em silêncio, sem olhar para trás.

O sal

7

Cheiro de mofo pesa sobre as poltronas encapuçadas. O assoalho range a seus pés. Apesar das precauções contra o vento e o sal, ele sente no chão o atrito da areia. Na mudança da estação, em março ou em abril, as ventanias levantaram o areal, ele se prevenira, mandara adaptar nas portas e janelas um recurso novo, os frisos de aço que se encaixavam, um no outro, como se fossem partes de uma mesma peça. O amigo que tinha casa em Araruama ensinara aquilo, evitavam-se as areias, o sal, os ventos.

Mudara tudo, então. Operários entraram pelas salas, pelos quartos, depredaram as portas, dois dias e duas noites, no verão passado, ficaram ao sabor do tempo — e felizmente não choveu nem chegou a ventar forte. O processo foi eficaz, o restante do verão serviu para testar as novas precauções, a casa resistiu aos ventos e ao sal, e a pequena tempestade de areia que caiu aí pelo Carnaval estancou diante de sua casa: amanheceram cercados de areia e o jardim estava coberto (olhando apressadamente parecia neve); mas era aquela areia miúda, muito branca e salgada. Lá dentro, ficou tudo protegido, nem um grão foi encontrado no chão, nos móveis.

Removeram a areia, algumas plantas morreram ao duro castigo, limparam as palmas do coqueiro-anão, não chegou a ser um desastre. Na garagem, não havia o que temer. Prevendo as ventanias, o arquiteto fizera o portão lateral ao sentido da praia e os basculantes ficavam do lado oposto. Para os ventos que sopravam do mar, a garagem oferecia a parede sólida, resistente, que abrigava o carro e a baleeira que ele comprara para os rapazes.

Lá no Rio chegaram as notícias do temporal. Os jornais noticiaram a força dos ventos, caiu areia longe, Araruama, Arraial do Cabo, São Pedro da Aldeia, tudo varrido pelo vendaval que fizera dançar sal e areia, castigando as casas, matando os jardins, impedindo trechos da estrada de asfalto que sobe para Campos e Vitória.

— Seria bom ir ver a casa.

— Não precisa. Está bem fechada.

— Mas basta um vidro quebrado e o estrago será grande.

— Por que haveria de quebrar-se um vidro?

— Sei lá. Se eu fosse você, ia dar uma espiada.

Fora uma conversa de dois dias atrás. Haviam fechado a casa em fins de fevereiro, logo após o Carnaval, em março recomeçaram as aulas, tinham compromissos, até mesmo Maria Clara, que se revezaria com os parentes na cabeceira do pai — que o velho tivera um enfarte benigno, mesmo assim a família se ralava de cuidados na guarda do patriarca que chegava ao fim.

Não pretendia voltar à casa de Cabo Frio tão cedo. Logo chegariam as férias de julho, viriam todos, ele construíra aquilo para ser de todos, só havia sentido nos móveis, na sala, na lareira, nos quartos, se considerados como cenário de uma aventura que não era dele nem dela, mas dos dois, dos rapazes, deles também, ou simplesmente "nosso".

Os ventos levantaram a areia no início do outono, justamente quando o verão estrebuchava em mormaços — um calor feito de arrepios que já anunciavam os ventos gelados que breve começariam a soprar.

Ele tinha a certeza de ter fechado bem a casa, e encontrou-a realmente fechada, incólume, sã. Mas a violência dos ventos vencera as insignificantes frestas, ele andava e os pés rangiam no pouco de areia, invisível aos olhos mas sensível ao atrito dos passos.

Passa o dedo em cima de um móvel, fica a trilha: esfrega o dedo contra a palma da mão e esfarinha os cristais pequeninos que podem ser areia ou sal. Leva a palma à boca e sente na língua a comichão.

"Sal!"

A proteção vencera parte da areia, mas o sal tinha vencido as frestas, e derramara-se por toda a casa. Abre as janelas, os trincos correm com dificuldade em seus escaninhos de ferro, a madeira está melada, os vidros embaçados.

"Esse vento estraga tudo!"

Interiormente, dá razão à mulher. Deveria ter vindo antes, logo após o temporal, a casa não pode ficar abandonada ao tempo, aos ventos, promete-se uma viagem mensal, não passaria um mês sem visitá-la, abriria as janelas, sacudiria o pó e o sal, removeria a areia dos jardins, combateria o mofo. Não custaria nada. Podiam vir todos até, para um fim de semana, bastava um dia de casa aberta, o sol batendo nos cômodos, os ventos refrescando as salas, e a casa permaneceria nova, imune ao abandono.

Mas o estrago está feito. Apanha o pano antigo que Maria Clara jogara em cima do sofá, improvisando um forro. Recolhe o pano, sabendo-o cheio de sal, vai sacudi-lo lá fora. Não há pó. Mas os cristais polvilham o cimento, mais para o branco que para o amarelo, mais sal que areia.

"Uma salmoura!"

A frase é antiga. Quando falaram em construir ali, o velho Viana reprovara, fizera carga contra, tinha lotes próximos aos seus domínios em Teresópolis, bem que o genro poderia comprar um, ficariam todos juntos.

Mas ele insistira, obstinado, e — estranhamente — Maria Clara tomara o partido dele:

— Não, preferimos Cabo Frio.

— Mas aquilo é uma salmoura!

A frase do sogro fora dita com ironia e rancor: uma salmoura. Quase um palavrão, coisa obscena.

Salmoura. Mais que ironia ou rancor — era verdade. A praga do velho dera resultados, o sal vencera as precauções, destruíra o sistema infalível que lhe haviam ensinado, havia sal pelas paredes, nos tapetes. Na sua alma.

Os Viana eram supersticiosos por interesse e convicção. Herdaram superstições antigas, transmitiam-se uns aos outros, e até ele, que não tinha o sangue da família, contagiara-se com os pavores, os presságios.

"Sal dá azar!"

O saleiro na casa dos Viana era guardado como relíquia maligna. Se uma empregada deixasse cair um grão fora das panelas, era a rua, o opróbrio, e todos se precavinham, tomavam cautelas estranhas para afastar o terror, os maus destinos que estavam a caminho.

Uma noite, durante o jantar, pedira o saleiro para temperar a salada, a copeira enchera demais o vidrinho, ao retirar a tampa ele deixara cair uma meia-lua de sal sobre a toalha.

Bastou isso. O velho, apoplético, abandonara a cabeceira, viera com o guardanapo catar o sal, esfregar a faca na toalha, até puí-la. Depois, comandou a família na retirada da toalha, houve polêmica sobre se bastava sacudi-la ou queimá-la, na dúvida, o velho ordenou:

— Queimem a toalha! Não brinco com essas coisas! Tem dado certo até agora, se a gente começa a facilitar, as coisas mudam e eu termino passando fome na rua!

Um dos pavores do velho era esse, passar fome na rua, como o pai passara, nos inícios da especulação imobiliária. A fortuna de hoje, os prédios, as incorporações, a companhia — nada era suficientemente forte e sólido para enfrentar a pequenina meia-lua de sal que caíra sobre a toalha.

Naquele tempo, ele era tímido, sentia-se impotente para reagir. Vergava a cabeça, miserável, culpado. Cabisbaixo, reconhecia a falta: o jantar estragado, o pavor do velho, a própria Maria Clara calava a boca, sem coragem de defender o marido e ferir o pai.

Agora é aquilo. Sal em cima de sua cama. Bate contra o colchão, das molas que se retesam e saltam sai a poeira que embranquece a superfície comprimida. Não precisa levar aquele pó à língua para adivinhar o sal, para saber que aquilo é sal e dá azar.

Deveria ter trazido um empregado para ajudar. Ele não poderá fazer nada, abrirá as janelas, retirará os panos que cobrem os almofadados, o resto é muito complicado, talvez arranjasse alguém para isso, por ali mesmo, logo mais, quando fosse à cidade. Providenciaria uns homens, uma arrumadeira que ficaria com ele para o serviço da casa, as refeições.

Não é agradável a idéia, colocar outra mulher ali, no lugar de Maria Clara, cuidando de si e da casa. Mas ela não pudera vir, não podia abandonar o pai, o velho cismava estar doente, não dormia sem ver a família toda ao lado, e, da parte dela, os 17 anos de casada não lhe tinham dado autonomia total, e ela se submetia, nos primeiros anos até ele também se curvava aos caprichos do velho. Só aos poucos, à custa de rancores e disputas incompletas, conseguira a margem de independência necessária para alçar o próprio vôo e deixar para trás aquele jugo que o envergonhava e o mutilava como homem, como marido.

Ele se libertara — e a casa de Cabo Frio é o testemunho feito de pedra e cal dessa libertação. Mas a mulher tem o sangue dos Viana, correm em suas veias os pavores, os respeitos, as tradições, os preconceitos. O velho tivera enfarte, curava-se, o médico afiançara que fora apenas um aviso, coisa benigna, não deixaria estigmas, mesmo assim a família e o próprio Viana declararam estado de emergência, e em estado de emergência viviam e se afligiam.

Por ocasião das férias de janeiro, Maria Clara viera passar o verão em Cabo Frio: a traição da filha quase fizera o pai ter outro enfarte:

— Aquela ingrata! — E perdoando a filha: — É culpa do outro, o desgraçado!

Ele fora duro: pelo Natal, Maria Clara chegara a sugerir adiamento das férias, teriam anos e anos para aproveitar a nova casa. Mas ele fincara o pé: "Não, vamos todos, fiz a casa para isso, seu lugar é lá, com os filhos, comigo."

Ela abaixara a cabeça. Mas as férias transcorreram cruéis. Os rapazes aproveitaram os dois meses, comprara-lhes a baleeira, não trouxeram Pepino mas outros colegas, a casa tivera sempre um ou mais hóspedes, pelo Carnaval ficara cheia, dormira gente pelos sofás, no chão, na rede, até dentro do carro, na garagem.

Mas a mulher não estivera em lugar nenhum. Aproveitara a casa cheia para se entregar à rotina doméstica, a comandar as empregadas, a prover e a prever as arrumações.

Banho de mar, tomara um ou dois, em tardes de calor mais forte. O maiô azul, desbotado, ficara o verão inteiro pendurado lá nos fundos. E entrega, só mesmo aquela, a da noite em que chorara pedindo o telefone. Dobrara-o. Ele prometera o telefone e ela então fora acabar de chorar em seus braços, e amaram-se, bastante e profundamente.

Pois o telefone ali está, coberto de sal também, mudo, objeto estranho que se contamina com as coisas de fora. A instalação fora feita ao final das férias, quase não servira para nada, apenas Maria Clara tinha gosto em telefonar para o Rio todas as tardes, falar com o pai. Até que o pai, subitamente melhor, fora passar o restante do verão na serra, e então ficaram todos sabendo que ele não tinha nada, exagerara na dispnéia, nas sufocações, só para estragar o prazer dos outros, principalmente o dele, o genro maldito que se libertara do jugo de seu dinheiro, de suas superstições.

Mas a vingança estava a caminho. O velho aproveitara a estada na serra para arquitetar o golpe final, o xeque-mate — conforme dizia.

De qualquer forma, com exagero ou sem ele, estava no fim. Já se aproximava dos oitenta anos, o coração dera o primeiro aviso, se fosse moço ainda poderia resistir, mas era velho, mais dia menos dia, uma emoção, uma gripe, uma doença qualquer — o coração estava ferido de morte, o monstro já havia colocado em seu peito uma de suas enormes patas, inarredáveis. Estava marcado.

Sentindo o fim, tratou de arrumar suas disposições. A situação era boa, onde metesse a mão o dinheiro brotava, o lucro dobrava. Comprara firmas falidas, empresas que eram arapucas, e refizera tudo, salvara falências, evitara escândalos, seu patrimônio garantia contra um ou outro embaraço imprevisível e os negócios prosperavam de ano para ano, crescendo, entornando dinheiro pelos bancos que disputavam seu nome para os conselhos de diretoria.

Dinheiro, vinha-lhe de todas as partes. Dos apartamentos, dos prédios, da fábrica de artefatos de borracha. Mas o seu carinho, sua preocupação estavam na companhia. Com ela começara, quarenta anos atrás, na pequena sala do escritório de seu falido pai. Ninguém dava nada por aquilo, mas um dia o pai botou a mão no peito e tombou em sua mesa de trabalho. O ataque paralisou-o meses e meses, afetando-o profundamente. Ele então tomara as rédeas, assumira compromissos, ficara com todos os negócios, os seus e os do velho. Quando o pai morreu já não existia inventário: tudo era dele. Os passivos, as dívidas, o patrimônio do negócio paterno tinham sido assimilados, lenta e inapelavelmente, pela nova companhia.

Dali para cá, o sucesso, a mão de ouro que transformava em dinheiro tudo o que tocava. Especulou durante a guerra com o cimento e a gasolina, ganhou montanhas de dinheiro no câmbio negro, mas a companhia continuava a brilhar em sua constelação como sol único, a aquecer e a dar sentido a todos os demais negócios, provisórios ou não, que iam surgindo.

Ninguém mais se recordava de como o velho Viana, ainda na mocidade, tivera a idéia de explorar patentes de eletrodomésticos. As possibilidades eram poucas, diziam que o governo da ditadura construiria uma siderúrgica no país, era um sonho ambicioso em que poucos acreditavam. Havia ferro, mas faltava carvão — diziam —, e mesmo que se inaugurasse uma siderúrgica, precisariam gerações e gerações para justificar o fabrico e o consumo da pequena indústria, o mercado era então abastecido pelos fornecedores europeus e americanos.

O velho Viana vira longe. Acreditava num processo de precipitação. Com o fim da guerra, fatalmente os mercados consumidores seriam reloteados entre os vencedores, e os países de algum ou muito potencial poderiam impor condições ou — quem sabe — rebelar-se contra o produto importado.

Ninguém acreditou quando os jornais anunciaram que um cidadão, filho de um vendedor de cimento, estava construindo uma linha de montagem de liqüidificadores. Mas os liqüidificadores foram montados, vendidos, e no terceiro ano já conseguia vender, na linha de fabricação, a sua produção toda. Ao mesmo tempo, ampliando o pequeno galpão para um dos lados, montava enceradeiras que chegavam, aos pedaços, em grandes caixas, da Suécia. A enceradeira fez sucesso no mercado e ele passara a explorar outras patentes suecas, até que conseguiu uma cabeça-de-ponte com as grandes companhias americanas. Obteve concessões e licenças, adquiriu patentes e royalties.

O mercado reagia, às vezes. O produto nacional sofria pesada campanha, as prevenções contra a indústria nascente eram irremovíveis nos centros que se abasteciam com facilidade nas praças de fora. Mas no interior do país a absorção de seus produtos era crescente. No dia em que vendeu a milésima enceradeira, era um vitorioso.

Admitira sócios. A complexidade do polvo era demasiada para um homem só. Sociedades anônimas substituíram seu nome em diversas fachadas. Apenas a companhia mantivera o nome e o letreiro, enorme, que à noite batia seu reflexo vermelho nas águas da Guanabara, legível de Niterói, em noites sem névoa.

A companhia explorava ferro e materiais de construção. Vendia muito cimento — ele herdara o cadastro comercial de seu pai —, muita madeira, mas o forte era o ferro. E tinha o melhor ferro da praça, as melhores máquinas, sua oficina era a única que fabricava qualquer tipo de chapa, remendava um cofre ou um navio. Aceitava qualquer encomenda, e vinham pedidos de fora.

Crescera em torno do primitivo galpão, em São Cristóvão, no meio de ruas sujas e tristes. Ocupava um quarteirão inteiro o depósito, e, ao lado, no segundo quarteirão, o prédio da administração e as oficinas, a garagem, a grande frota de caminhões que dia e noite levavam pelas estradas seus vergalhões, seus tubos, suas chapas desmontadas.

Era negócio sujo. A limalha de ferro deixava uma poeira avermelhada sobre tudo. Apesar do volume dos negócios, o escritório central tinha o aspecto lúgubre de uma forja parada, imprestável. E o espírito de economia do velho, a frugalidade de sua vida pessoal e comercial, estava toda ali, na rudeza dos móveis, na tristeza das lâmpadas fracas, nos assoalhos raspados, sem cera.

Com a idade, os filhos foram tomando conta dos negócios, tudo fora distribuído, os dois rapazes ficaram com a companhia, o genro mais velho administrava, em procuração, as sociedades, e a ele, o genro mais moço, o único que era doutor, que poderia ser útil ao complicado mecanismo daquelas engrenagens, não coubera nada, ele recusara-se sempre a ser tragado e estragado pelas garras do monstro.

O outro genro era insuficiente para responder pelas sociedades, presidir reuniões, fiscalizar. Necessária a distribuição de tarefas, o velho Viana já não podia abraçar o mundo com as mãos, precisava dele e não podia contar com ele.

Ofereceu tudo. Dinheiro, retiradas anuais compensadoras. Ele poderia enriquecer rapidamente, bastaria docilidade diante do sogro todo-poderoso, comparecer às reuniões, dividir com o concunhado a seara intrincada das procurações, das ações, dos interesses — e gozar no mais.

Ele resistia. Olhava a mulher e tinha momentos de desespero.

— Maria Clara, creio que você me compreende.

— Fique tranqüilo. Eu compreendo.

E compreendia, até certo ponto. Diante do pai, dos irmãos, ela tomava a defesa dele, com veemência até. Mas em casa, nos silêncios que se abriam após as visitas onde se discutira o assunto, havia censura nos olhos dela, na sua passividade, no seu silêncio.

Matava-se no trabalho, então. Aceitava causas perdidas, substituía colegas em ações em que nenhum outro advogado se aventuraria. Mesmo assim, era uma vergonha. No dia dos anos da sogra, todos os membros da família apareceram de automóveis novos. O velho comprara quatro carros e os revendera aos filhos, conservando um para seu uso.

Quando chegara com seu velho Ford à casa do sogro, viu os quatro dinossauros, reluzentes, parados à porta.

— Olha os carros que papai comprou!

— Bonitos.

Teve vergonha de alinhar o encarquilhado carro ao lado dos faiscantes monstros. Deixou-o mais atrás, como se não fosse da família. Nesse dia, a mãe descobriu em Maria Clara a mancha de óleo no vestido:

— Minha filha, aquela lata velha de seu marido está toda suja. Olha a mancha de óleo em seu vestido!

— Não foi no carro, mamãe. O carro anda sempre limpo, a mancha foi no portão lá de casa, o homem veio ontem lubrificar as molas. Eu me esqueci e deixei que o vestido roçasse.

A mentira de Maria Clara não convencera ninguém. E o sogro, quando teve oportunidade, atirou-lhe a bofetada:

— Viu os carros? Pois saíram baratíssimos. Se eu tivesse comprado mais um, sairia mais barato ainda, ganharíamos todos. Mas você não teria dinheiro para pagar um carro, ainda que a preço tão razoável.

— Não preciso trocar de carro. O Ford agüenta bem, por um tempo.

— Bom, cada um se coça como pode.

E, no fim do ano, o último insulto. O velho decidiu passar dois meses em Portugal, tinha parentes lá, escreviam-se de vez em quando, obtivera da Associação Comercial alguns empenhos junto ao governo português, venderia eletrodomésticos para algumas colônias, a visita não seria apenas de turismo, havia contratos a assinar, a possibilidade de novos mercados a explorar.

— Vamos todos a Portugal! A família toda, eu, meus filhos, meu genros, meus netos! Todo mundo!

Maria Clara veio da casa do pai com a notícia.

— Vamos viajar! Todos juntos!

— Com que dinheiro?

— Papai vai pagar tudo. Ele disse que nos levaria a todos.

Achara desagradável a idéia, uma viagem em bando, como excursão de funcionários. Mas via Maria Clara empolgada, não disse nada, esperou pelo convite. Que não tardou. O sogro chamou-o na noite seguinte:

— Escuta: decidi fazer uma viagem, coisa curta e modesta, uns dois meses, não mais. Mesmo assim a coisa sairá cara. Se viajamos juntos, sempre faremos alguma economia. E, além do mais, ficaremos juntos, que é o que mais importa. Quero que Maria Clara vá, não a deixarei aqui. Por isso, estou disposto a ajudar. Os outros irão por conta própria, têm dinheiro para isso. Sei que você não pode, e, por isso, paternalmente, peço que aceite a minha ajuda. Financio tudo, você não gastará um tostão com nada, nem viagem, nem hotéis, nem passeios, adianto até algum dinheiro para vocês se prepararem, sabe, Maria Clara precisa de roupas, enfim, quero que você aceite a minha oferta, a minha sugestão, e depois daremos um jeito, você me pagará por mês, quanto puder, como puder, que leve dois ou três anos me pagando... estamos em família.

Dissera tudo insensivelmente, sem pausas, como se ele fosse um empregado da companhia.

— Aceita?

— Não.

O velho parecia esperar pela resposta:

— Mas o que você quer que eu faça? Ajudar mais não posso!

— O problema não é esse.

— Quer que eu pague tudo? Que tudo lhe saia de graça? Pois está pago, você não precisará entrar com um tostão, nem antes nem depois. E agora?

— Repito: o problema não é esse. Eu poderia bancar esta viagem, para mim e para os meus. Tenho algum dinheiro guardado. Mas não estou em condições de gastá-lo assim. Tenho alguns projetos, uma casa em Cabo Frio, quero comprar outro carro, trocar o Ford por uma Mercedes, preciso me arrumar primeiro, mais tarde sim, poderei viajar, como quiser, quando quiser, com quem quiser. E mais: não tenho interesse em conhecer Portugal. Não iria gastar dinheiro para ir a um lugar que não me interessa.

— Mas eu pago tudo!

— Não.

— Nem me agradece!

— Mandarei sua filha mais tarde, para agradecer por mim.

— Não precisa. Não use minha filha para chantagens.

— Isso não é chantagem. Retribuo seu paternal interesse com um agradecimento filial. Ela virá agradecer, já que o senhor faz questão disso.

Maria Clara ouviu a notícia daquela entrevista em silêncio, sem dizer nada. Deitada de bruços sobre a cama, alisava os cabelos fora do leito. Quando ele acabou, ela deu um suspiro.

— Então lá vou eu, mais uma vez!

— Querendo, não precisa ir. Ele não espera realmente que você vá.

— Mas irei. Não custa nada, sou solidária com meu pobre e orgulhoso marido.

E ficou a olhar o chão. Ele passou a mão em sua nuca. Ela fugiu.

Ele levantou-se, foi à janela, sentindo-se amargo e mau.

— Maria Clara, se você quiser mesmo viajar, eu volto atrás. E mais, eu posso realmente pagar esta viagem. Apenas a casa em Cabo Frio fica adiada.

— Não. Não quero viajar. Ficarei com você. Solidária na dor e no prazer, não é assim que se diz? Agora, se pudesse, ou melhor, se pudéssemos, gostaria de ir.

— Mas a casa...

— Já sei, já sei, você precisa construir esse elefante branco, pois vamos construí-lo, nossa Moby Dick de alvenaria, em Cabo Frio, sim, não podemos fazer tudo ao mesmo tempo, você tem razão, a viagem pode ficar para mais tarde, para outra oportunidade, quando pudermos, você é perfeito, estou com você, mas estou indisposta também, fecha a janela, apague a luz, quero dormir.

Era uma forma de enxotá-lo.

Desceu a seu escritório, abriu a planta que o arquiteto esboçara, nada em definitivo ainda, Maria Clara já fizera exigências, queria uma lareira, desenhara o croqui do quarto do casal, o enorme banheiro ao lado, a cama também enorme, daria para dormir quatro pessoas, e para quê? A qualquer indisposição Maria Clara dormiria sozinha, imensa e sozinha. E o banheiro, o boxe que parecia uma sala inteira, com bancos, duchas, ladrilhado por igual, do chão ao teto? Para que aquilo tudo?

A luz do escritório iluminava a brancura do papel vegetal. Os riscos do arquiteto estavam confusos, eram as repetidas alterações que ela sugeria. Mas já tinha o terreno, totalmente pago. A planta quase pronta, breve começariam as obras.

Sentia estranho prazer em alisar o papel vegetal, cujas dobras ameaçavam enrolar-se quando soltava as pontas. Tateando a lisura daquele papel, recordou a lisura da nuca de Maria Clara, havia pouco, quando tentara acariciá-la e fora repelido. Não tinha mulher. Tinha aquele papel incolor, macio sim, mas frio, para contentar a tremura das mãos.

Voltou ao quarto depois que deu bastante tempo a que Maria Clara já estivesse dormindo. Entrou com cautela, para não despertá-la. Mudou a roupa no escuro, sem ruídos. Deitou-se mansamente, para não incomodá-la.

Maria Clara estava de costas para ele. Suspeitou que estivesse acordada ainda; quando realmente dormia, ela esparramava-se pela cama inteira.

"Ela está acordada!"

Em silêncio, permaneceu em vigília, esperando que a qualquer instante a resistência dela afrouxasse e ele pudesse abraçá-la. Até que a madrugada cansou-o, vencendo-o.

Quando acordou, na manhã seguinte, pelo leito vazio, pela posição das coisas desarrumadas que ela deixara no quarto, ele adivinhou: sua mulher não estava em casa.

8

A ventania fizera estragos mais fortes. A casa ficara incólume, mas apesar das novas fechaduras, do sistema de trincas que adaptara nas janelas, a areia e o sal haviam penetrado o bastante para exigir uma limpeza total. Lá fora, os jardins, o coqueiro-anão, a cerca, tudo havia sofrido o rigor dos ventos, o peso salgado da areia.

Inventariou os danos, o jardim precisaria ser refeito, o coqueiro-anão necessitava de limpeza, de terra boa em volta, as palmas apodrecidas pelo sal deveriam ser podadas, no mais estaria salvo, as raízes embebiam-se agora no vasto areal — e isso deveria fazer bem à seiva.

"É trabalho para quase um mês!"

Viera ver a casa apenas, esperava gastar um fim de semana, talvez um pouco mais. E ali está, sozinho, calculando o tempo que a casa lhe exigirá, e o pessoal que será preciso arranjar, por ali mesmo, nem valia a pena descer ao Rio, trazer as empregadas, mesmo porque Maria Clara, noite sim, noite não, dormiria no apartamento, revezando-se com a irmã mais velha na cabeceira do pai.

A porta da garagem arrastou a pequena ondulação de areia que se formara na parte de baixo. Precisa forçar, pois a areia, embora soprada em sentido vertical à porta, acumulou-se ali, impedindo que a porta se abrisse normalmente. Força, e quando a porta já está semi-aberta, vai lá dentro, apanha a pá, e com ela desloca o monte que se formara junto ao batente.

Dentro da garagem sim, o vento não pudera nada. Estragara lá fora, chegara a crescer areia na porta, mas ali dentro o cheiro de mofo é seco, não há sal no chão.

Deveria ter feito a casa de lado, as janelas e portas em sentido lateral à praia. A garagem escapou por causa disso. Maria Clara foi quem exigiu os janelões voltados para o mar. Agora, toma areia, toma sal. O pai, quando souber, grunhirá, como um porco moribundo: "Salmoura! Uma salmoura, minha filha, o que o idiota de seu marido arranjou para você! Daqui a cinco anos a casa está no chão, apodrecida, não ficará pedra sobre pedra! Um idiota, sempre lhe disse isso!"

Não adianta pensar nisso agora. Há muito o que fazer. Telefonar para Maria Clara, dar conta dos estragos, avisar que ficará mais tempo que o combinado, ir à cidade, bater as casas à procura de gente que o ajude, com sorte poderá ajeitar tudo e, nas férias do meio do ano viriam todos outra vez, para mais uma temporada.

Bota a mão no telefone e hesita no discar. Terá de pedir o número da casa do sogro, Maria Clara deverá estar lá, a notícia estouraria em território inimigo. O melhor será arrumar tudo, ninguém saberia de nada, mais tarde diria a Maria Clara dos estragos, das providências.

A mão já havia retirado o fone do gancho. A voz da telefonista soa com energia:

— Número, por favor!

Pensa em bater o fone no gancho, mas acaba pedindo o número, lentamente, como se não tivesse pressa, nem desejasse realmente a ligação.

— É para o Rio?

— É, sim senhora.

A telefonista repete o número e ele torce para que ela diga qualquer coisa como "os troncos para o Rio estão todos ocupados" ou "a linha está em comunicação, chamarei mais tarde", ou ainda o categórico "não respondem".

Mas ouve a campainha, soando distante, ritmada, na casa da Tijuca. A voz da empregada atende, repete o número, ouve a voz dele muito distante e por isso levanta a própria voz, inutilmente, sem necessidade, ele a escuta perfeitamente.

— Podia chamar Maria Clara?

— Ela não está.

Vai desligar, mas a empregada pensa ser gentil:

— Quer que avise a ela quando chegar?

— Não, não precisa, é só para dizer que cheguei bem, que tudo está em ordem.

— Darei o recado.

O rito antigo, a passividade do hábito obrigam-no a uma pergunta sobre o estado do velho Viana. Sabe que a sogra, no canto onde estivesse da casa, estaria ouvindo a ligação, pela extensão, à espera da pergunta: "O velho Viana está melhor?" Mas ele não faz a pergunta. Bate o telefone e vê que até o aparelho fora atingido pelo sal. A película branca, quase invisível, cobre a parte que marca o bocal contra o gancho. Passa o dedo ali, na ponta da unha vê os malditos cristais que se espalham em tudo. Mesmo sabendo o que é, prova aquilo, até sentir na ponta da língua o estranho gosto, picante, mofado, antigo.

"Sal!"

Depois sim. Já na Mercedes para procurar ajuda, tomar as providências que o esperam, pensa friamente na notícia em si: "Ela saiu."

Trata do assunto na loja do Gomes. A rigor, é morador novo. Não conhece ninguém, é mal conhecido também, vai raramente à cidade, e apenas para fazer compras. Intimidade, nenhuma. Só mesmo com o Gomes, cuja casa vende artigos de pesca, baralhos, bebidas — a infinidade de pequenos e grandes artigos que os veranistas, em temporadas apressadas, têm de procurar a fim de suprir confortos, manias ou necessidades que esqueceram no Rio.

Certa vez, na praia ouvira dizer que o Gomes vendia até entorpecentes, gardenais, soporíferos, tranqüilizantes, sem exigir receita médica. Informavam ainda: até cigarros de maconha, até coca o Gomes vendia. Cabo Frio e os núcleos adjacentes viviam apinhados de veranistas, gente habituada a extravagâncias. E as temporadas que juntavam casais sob o mesmo teto, que exigiam alegrias repentinas e violentas — acabavam com os estoques do Gomes.

Do Gomes que parecia esperar por ele:

— Veio ver a casa, doutor?

Chama todo mundo de doutor. E sabe que o temporal de areia trará, um a um, mais dia menos dia, todos os proprietários de casa próxima à praia. Conhece seus domínios, sua gente.

— Sim. Algum estrago.

O Gomes sabe. Passara por lá no dia seguinte ao vendaval, vira os estragos, o jardim coberto de areia.

Louva as janelas reforçadas, a casa estava salva, outras residências — informa — ficaram atoladas, meio metro de areia e sal nas salas, nos quartos.

— A casa do doutor Peçanha ficou em pedaços. Quebrou um vidro da janela de frente, foi um desastre.

Outras casas ficaram soterradas, areia na altura das janelas.

— A sua casa foi um milagre, doutor, naquele trecho o vento passa encanado, o senhor deveria ter mandado fazer as janelas do outro lado.

Devia é ter consultado o Gomes na época das obras. Ele conhece o itinerário dos ventos, a rota do sal. O arquiteto teimara, dera razão à Maria Clara, colocara os janelões de frente para o mar, e eram agora painéis enormes que ofereciam à fúria salgada a fragilidade do vidro.

— Fiz isso na garagem. A areia só se acumulou na porta.

O preâmbulo fora vencido. Gomes acende o pedaço de charuto escuro e inclina a cabeça, para ouvir. É hora de ele dizer o que pretende. Gomes abaixa a cabeça, atitude adquirida ao longo de vinte anos: sabe que os fregueses são esquisitos, têm suas manias, muita vez desejam um artigo, ficam com vergonha, acabam levando uma aspirina.

Adota aquela sábia postura, os olhos baixos, ouvidos o mais próximo possível dos lábios do freguês, a fim de colher o pedido no nascedouro, sem constrangimento, sem a possibilidade de terceiros ouvirem.

Feito o pedido, não se mexe um músculo em sua face. Recebeu uma mensagem cifrada, cujo código só ele sabe. Sem olhar o freguês, vai lá dentro, embrulha a mercadoria em silêncio, fora das vistas do mundo e dos incautos. É perfeito em tudo, infunde poderosa confiança. Na próxima vez — é certo que o freguês virá outra vez — não haverá inibições, dirá o que quer; não pedirá sucedâneos, exigirá a dose certa, o tamanho certo.

— Estou precisando de pessoal, Gomes, gente para três ou quatro dias de trabalho. Trabalho pesado, é bom que avise, tem sal em tudo, é preciso bater os tapetes, as cortinas, trazer os móveis para fora, sacudir tudo. E um homem que trate do jardim, tudo está perdido ali. Lembra o Joaquim, aquele que usei lá em casa, no ano passado? O jardim esteve magnífico, o homem traz uma terra que só ele sabe existir por aqui. Pois me localize o Joaquim, diga que pago bem. Há é pressa. Não posso perder tempo, tenho que fazer tudo isso em quatro, cinco dias no máximo. O sogro está doente, deixei a mulher com ele.

Gomes ouvira, impassível, uma pedra. Só à frase final, quando disse que a mulher ficara no Rio, percebe qualquer coisa na pele daquela mão. As veias grossas, de azul empalidecido, tremeram, como se ele tivesse recebido um aviso cifrado.

— Pode deixar, doutor, está em boas mãos. Daqui a pouco vai gente lá. O Joaquim será mais difícil, mando recado ainda hoje para ele, fica na dependência do portador encontrá-lo. Mas se não for amanhã, depois de amanhã estará lá, sem falta, já com o caminhão de terra preta que ele espalha por aí. O restante do pessoal vai hoje mesmo. Mando dois homens, e uma mulher, boa para essas coisas, conhece casa de veranista, os pontos fracos onde o mofo e a ferrugem atacam, ela é quem limpa a casa dos Seco, dos Guimarães, dos Brito, o pessoal daqui não passa sem ela, a desgraçada só trabalha por tarefa, por encomendas, sabe o que vale e cobra bem. Os homens estão habituados a lidar com ela, o senhor fique tranqüilo, pode até regressar ao Rio, que o meu pessoal arruma tudo e deixa a casa em ordem.

— Não, Gomes, não descerei, vou ficar até o fim. Sabe, proprietário novo é assim, mais exigente.

— Bom, eu sugeri que o senhor descesse por causa do sogro, mas o meu pessoal é de confiança, gente minha, doutor, habituada a essas coisas. Agora, se o doutor não quer descer, dá no mesmo, verá como o pessoal trabalha. Quanto à mulher, não adianta cantá-la para empregada, os Pinto, ali do Pontal, ofereceram-lhe uma fortuna, casa, carro, a miserável recusou. Disse aquilo porque o senhor poderia estar aflito com a doença do sogro, e, depois, veio sozinho, o senhor sabe, isto aqui é um areal, sem os veranistas, sem a família, é um deserto, o tempo custa a passar.

Ele encerra a conversa antes que o Gomes sugira o passatempo que geralmente fornece a outros veranistas. Sabe que o Gomes até mulher arranja, quando é o caso. Tem uma rede de vigaristas, basta um telefone, avisar que há veranista solto e rico em Cabo Frio, no dia seguinte aparecem mulheres.

Homem frio, sabe escolher: formara-se a lenda por ali — num verão, a mulher do deputado que mora lá pelo Arraial do Cabo, viajou com os filhos para a Europa. O deputado viera sozinho, tentar umas pescarias inocentes, ali pelos pesqueiros fartos de Cabo Frio. Pois o Gomes arranjou-lhe uma vigarista. Veio depois o escândalo, o deputado apaixonou-se, separou-se da mulher, um dos filhos enlouqueceu, o deputado sofre com a ex-vigarista que hoje é sua mulher, aceita como tal nas festas e nas camas oficiais.

Volta para casa.

A súbita vontade: tomar um banho sozinho, no areal deserto que as ondas castigam com ruído, intermináveis e frias.

Passa pelo trecho em que a Mercedes ficara encalhada na areia. Diminui a marcha e olha a praia. Surpreende-se procurando as mesmas trilhas. Os ventos e as ondas, em quase um ano, já criaram novos sulcos, a Mercedes não deixara nenhum traço de seu peso, de sua angústia. O conjunto da areia é igual, imutável, cintilante ao sol, com sua franja de espumas, a cor do mar, pesado de sal, a brancura da curva que some lá longe, na outra extremidade.

O carro se arrasta, sem vontade de avançar. Ele também não tem vontade de regressar à casa, enfrentar o sal espalhado pelo chão, os móveis sujos de areia, a cama cheirando a maresia, a mofo, a abandono. Pudesse, iria para um hotel, mas será pior.

Aproveitará a parte da tarde para arrumar alguma coisa, o Gomes mandará gente depois do almoço, e é começar a faxina.

Quer voltar logo ao Rio, prometera a Maria Clara fazer tudo em dois, no máximo três dias — mas é desculpa, escamoteação para consigo mesmo, o que o incomoda, dando-lhe um travo doloroso em alguma parte de sua carne, é a solidão que se abre pela frente, a noite imensa na casa abandonada, altar saqueado.

Sente, agora que chega aos 42 anos, o repugnante medo à solidão. Teme que de repente tudo acabe e ele tenha de refazer tudo de novo. Não sabe bem o que teme, sente que jamais ficará só, tem a engrenagem social e familiar que o protege e o ampara, mas basta uma dor de cabeça em Maria Clara e ele se sente só e desamparado, dormindo na cama vazia: Maria Clara prefere deitar no sofá, onde a cabeça fique mais alta.

Aperta o acelerador, castigando a Mercedes contra o vento. Reage ao temor da solidão fazendo o carro voar, comendo o asfalto com fúria, as rodas rangendo nos trechos de areia. Há perigo de derrapagem, mas ele se sente menos só assim, enfrentando o perigo, tal como naquela tarde em que dera 120 na Mercedes. Sozinho, lutando contra o vento, a máquina range em seus músculos de aço, até que o ponteiro do velocímetro chegue aos 120. Aproveita a reta e aperta mais fundo: vê o ponteiro crescer, atingir os 130. O carro cola bem ao chão apesar da velocidade, a ventania passa pela janela fazendo zoada grotesca em seus ouvidos. Sabe que um descuido, um imprevisto — e a morte o colherá em triunfo, esmagado e assimilado pelas carnes de ferro do carro.

Sente-se imbecil correndo contra o nada — ou a favor do nada — unicamente para se esconder da solidão, o temor de uma solidão que poderá cair abruptamente sobre sua vida.

Freia rápido, o carro corresponde, o pneu atritado no asfalto deixa o cheiro de borracha, a areia da beira da estrada salta, bruscamente, impelida pelo deslocamento de ar — e o carro inteiro treme, impotente, dominado, imóvel.

— Algum problema?

Não tinha visto o homem ali. Mas ali é que freara com violência. Mais um pouco, e pegava o homem, matando-o.

— Não. Desculpe, não o tinha visto.

O homem não está assustado. Dá a impressão de que esperava por aquilo, pela freada súbita, pela segurança do carro que se grudaria no chão, obediente ao comando dos freios.

— Olha que essa areia faz derrapar, já vi muito carro voar da estrada por muito menos.

O homem dá a volta pela frente e vai até a janela.

— O senhor está com muita pressa?

— Não. Estava experimentando o carro, mandei trocar os segmentos...

O sujeito olha a Mercedes com cara de entendido.

— Um carro desses não precisa nem mudar de segmentos. Queimava óleo?

— Andou queimando um pouco de óleo, mudei os segmentos, vim pela estrada feito lesma, não passava dos 60, mas agora já cumpri a quilometragem de segurança, quis ver se o carro correspondia.

— É. O senhor está bom de freio. Senão, um de nós dois tinha ido para o beleléu.

A placidez do desconhecido começa a irritá-lo.

— Honestamente, não o tinha visto, freei por frear, só depois é que reparei, poderia tê-lo apanhado. Desculpe pelo susto.

— Não levei susto. Só se o senhor levou.

Por mais estranho que lhe pareça, também ele não havia se assustado. No trânsito pesado da cidade, uma freada daquelas, um quase-atropelamento gelava-lhe o sangue, precisaria de tempo para se recuperar. Ali, naquele mundão de areia, não sentia nada: quase matara um homem, e nem a quase-vítima nem o quase-assassino sentiam emoção ou susto. Tudo parecia normal, como se houvessem combinado aquilo, ensaiado bem, a corrida, a freada súbita, o inesperado aparecimento do homem.

— Não me leve a mal se perguntar: o senhor mora por aqui?

— Tenho casa ali, naquela curva. Mas moro no Rio.

O homem está com direito de puxar conversa. Antes que aproveite mais ainda sua condição de vítima, ele encerra o assunto:

— Mais uma vez, peço-lhe desculpas, mas estou com pressa. Boa tarde.

— Gostaria de perguntar mais uma coisa: o senhor não é o dono daquela casa nova, ali na curva, perto da chapada?

— Sou.

— O senhor tem dois filhos?

— Tenho.

A cara do homem se retrai. Afasta-se da porta e não se sente obrigado a dizer ou a perguntar mais nada.

— Que que há? Alguma coisa com eles?

O homem encerra a conversa.

— Boa tarde, doutor Luís, boa tarde. Não foi nada, o senhor não me viu, vinha testando o carro, quase matou um homem, mas isso não é nada, não precisa se incomodar por minha causa, eu não o importunarei mais...

Já está com o pé no acelerador, basta soltar a embreagem e o carro partirá. Tem tempo ainda para o gesto rápido com a cabeça que signifique cumprimento, resposta à saudação e despedida.

"Ele sabe o meu nome!"

Nada para admirar no fato de o homem saber o seu nome. Desde que começara a construir a casa, desde a compra do terreno, havia alguns anos já, que muita gente comentava seu nome e suas intenções. No comércio local, entre os moradores mais próximos, logo correra a notícia de que um doutor Luís construiria ali na chapada. E depois vieram as obras, mais tarde os trabalhadores se espalharam em outras construções, e a casa passou a ser conhecida como a do doutor Luís.

Seus filhos também, e muito rapidamente, misturaram-se a outros rapazes, e eram os passeios de baleeira, as corridas de carro — a Mercedes fora rudemente castigada no verão passado — e desde então criara seu núcleo próprio, a casa do doutor Luís, os rapazes do doutor Luís, quem sabe? a mulher do doutor Luís.

Não freqüentavam ninguém. As férias do verão foram consumidas em casa, só os rapazes saíram para seus programas, seus passeios. Eles se encafuaram ali mesmo, fizeram poucos conhecimentos, e superficiais. Nenhuma intimidade. Recusavam convites para o pôquer, o buraco. Pelo Carnaval, tentaram arrastá-los para algumas festas, mas Maria Clara preferia ficar em casa, como se não houvesse Carnaval. Os rapazes saíram para os bailes, as reuniões improvisadas em casas próximas — eles ficaram sozinhos e isso talvez tenha contribuído para o isolamento que logo sentiram em torno. Criaram fama de difíceis, e quando transpirou que Maria Clara era filha de um homem muito rico, atribuíram-lhe arrogância. A distância de todos — felizmente para eles — foi se tornando maior e melhor.

Antes assim: haviam construído a casa para "nós", não se importavam com a fama de difíceis que começara a ser espalhada em torno. Iniciava o segundo ano de freqüência habitual ali, muita gente o apontava na rua, qualquer um poderia conhecer sua casa, seu carro e, por que não?, seu nome.

O inquietante é que o homem da estrada não parecia morar ali. Talvez um forasteiro, um andarilho que chegasse de longe unicamente para morrer sob suas rodas.

Talvez nem fosse forasteiro. O homem não tinha aspecto miserável. Humilde sim, funcionário do departamento de estradas, ou empregado de casa comercial. Havia nele uma placidez que o inquietava, a impressão que tinha — e que passa a ter com maior intensidade daquele instante em diante — é que o homem o espionava.

Pára o carro em frente à casa. Para guardá-lo na garagem, tem de retirar, primeiro, a areia formada junto à porta. À necessidade de trabalhar, remover a areia, limpar móveis, vasculhar a casa — esquece-se do desconhecido. Enxota-o, como um pensamento incômodo.

"Mais tarde penso melhor nisso. Se valer a pena."

9

"Todos os troncos para o Rio estão ocupados."

A voz da telefonista é metálica, aborrecida com a insistência dele. Pela terceira vez pedira o número da casa do sogro, pela terceira vez a telefonista respondia, onipotente, inapelável:

— Todos os troncos para o Rio estão ocupados.

Ele sente-se impotente — pássaro sem asas, cão sem olhos — para conseguir vencer os estreitos limites de sua solidão.

Concentra o ódio no aparelho em si. Vontade de jogá-lo contra a parede, pisá-lo com raiva, até mutilá-lo, reduzi-lo a pó. Inconscientemente, sabe que o telefone é uma ponte que o liga ao fracasso de tudo, ao outro lado de sua vida, às misérias, às frustrações que tinham ficado para trás — no tempo em que se submetia às imposições da vida, em geral, e dos Viana, em particular. Esse passado, do qual conseguira libertar-se e procurava esquecer, havia deixado o pequeno estigma, negro em sua densidade: o telefone.

Lembra que combinara com Maria Clara, tão logo pensaram em construir a casa em Cabo Frio:

— Não haverá telefone!

Ela concordara, em momento de entrega ou sono. Mas quando viu a casa pronta, quando se sentiu apartada do mundo onde gravitava, passou a desejar — até alcançar — o telefone. Forçou-o a abrir a brecha em sua fortaleza — e aí está, o pequenino monstro cor de noite e medo, com suas estranhas capacidades, suas infinitas possibilidades: fios que se entrecruzam com outros fios, vozes que se embaralham e confundem com outras vozes e necessidades: o mundo.

Tudo o que o incomoda — seus escombros, seus pavores — está reunido compactamente dentro daquele monstrinho escuro. E sabe que o grande Monstro que o persegue colocou afinal, em seus domínios, a pequenina pata que o trava e fere.

Mas precisa dele, agora, com ansiedade, talvez ternura. Quer ouvir a voz de Maria Clara, dar conta do dia de trabalho, das providências tomadas, consultá-la sobre o que fazer com as cortinas que o sal estragara — e o Monstro, vigilante em sua perfídia, desliga os contatos, isola-se, paira, inútil e ameaçador, oferecendo-lhe somente o flanco de ataque: por ele poderá vir apenas o Mal — e não podia sequer enviar o aflito grito de socorro. O Monstro bandeava-se, impune e sôfrego, para o lado adversário.

Dá tempo e torna a rodar a manivela. A telefonista dessa vez pede que espere no aparelho, demora ainda um pouco, deixa-o exasperar-se, até que faz a ligação.

— Maria Clara está?

— Um momento.

A empregada atende e vai chamar a mulher. Imagina a casa do sogro, a empregada tocando a campainha para que alguém atenda no andar de cima. Percebe o fone da extensão sair do gancho e a voz da sogra:

— Maria Clara?

— É Luís?

— É, sim senhora.

A sogra faz a pausa e ele percebe que ela dá tempo a que a pergunta seja feita. Não pode evitá-la.

— Como está o velho Viana?

— A mesma coisa, meu filho — a voz dela toma o tom informal, como se estivesse dando pelo telefone a receita de um bolo já sabida —, não ata nem desata, a pressão sobe durante a tarde e baixa de madrugada, o pior período é esse justamente, anteontem chegou a 25, hoje já esteve a

20, mas o médico mandou dar a injeção e a pressão baixou. De minha parte, já estou resignada, à espera do pior. Mas acho que ele resiste ainda, embora esteja muito irritado com a doença. Você sabe como ele é, queria levantar-se, telefonar para a companhia, foi um custo contê-lo.

— Maria Clara está?

A pausa é pequena mas suficiente também para saber que Maria Clara não está ou não pode atender.

— Ela esperou o seu telefonema até há pouco. Ontem, passou a noite em claro, com o pai, mas hoje saiu à tardinha. Ainda não voltou.

— Ela dorme aí hoje ou vai dormir lá em casa?

— Não sei, meu filho. Ela não avisou nada. Acho que tem um compromisso, ontem ela jantou fora...

A expressão "jantou fora" sai sem querer. Ela quer dizer que Maria Clara tinha jantado em outro lugar qualquer que não ali, mas dizendo "jantou fora" dá a impressão de que jantara em algum lugar especial.

— Bom, vou telefonar para casa, ela deve ter ido dormir lá. Melhoras para o velho.

— Obrigada. E a casa aí? Muito estrago?

Não contará o fracasso, a salmoura que o velho Viana profetizara.

— Nada. Tudo bem. A casa resistiu, só nos jardins um pouco de areia, mas coisa fácil, não houve prejuízos.

Desliga com alívio. A sogra esperava lamentações, e iria correndo para o leito do velho. Juntos, zombariam dele.

Dá tempo a que a telefonista o atenda com boa vontade. Pede nova ligação, esperando mais uma vez o aviso: "Todos os troncos para o Rio estão ocupados." Estranhamente, a telefonista faz a ligação mais rápido que das outras vezes. Mal acaba de pedir o número e sente que a ligação está completada. A campainha soa em sua casa agora, há um silêncio pesado toda vez que a campainha pára de tocar.

Até que a telefonista entra na linha:

— Não respondem.

Vai pedir que ela insista mais um pouco, tem vergonha.

— Está bem. Mais tarde ligo outra vez.

— Como queira.

Desta vez não é ódio pelo telefone. É até um pouco de ternura. Aquilo soara em sua casa, lá longe, despertando sombras e silêncios que eram seus.

Olha o relógio: oito e vinte. Talvez Maria Clara tivesse ido em casa jantar e logo retornasse à casa do pai. Evitava dormir sozinha, e era melhor assim, ele mesmo ficava mais tranqüilo sabendo que ela gostava de usar o velho quarto que fora dela quando moça. Uma das relíquias aproveitáveis da casa do velho Viana: para cada filho guardava ainda, intacto, o quarto de solteiro. Na cama de Maria Clara havia a boneca vienense, que o pai encomendara especialmente na Europa, quando ela fizera 10 anos.

Ele não gostava daquele quarto, mas se resignava. Se pudesse, gostaria de ter também — não um quarto, mas um sacrário inteiro que guardasse as etapas vencidas de sua caminhada. Mas a família dele mudava-se com freqüência, a casa onde os pais moravam não lhe falava da infância, mas de acontecimentos recentes demais para serem ou merecerem ser sagrados.

Desce mais uma vez ao andar de baixo. Está tudo fora do lugar. As cortinas penduradas pelos móveis, o chão atravancado de objetos, o sofá virado de borco, os tapetes enrolados, encostados nos ângulos da parede.

O trabalho rendera. Em meio dia de faxina os homens já haviam preparado a casa para receber a limpeza que amanhã começará. Cedo voltarão, mais a mulher que o Gomes prometera e cujas qualidades e feitos louvara. Reconhece a eficiência do Gomes: tão logo chegara da cidade — e viera correndo, parando apenas quando surgira, inesperado e inexplicado, o desconhecido da estrada — chegaram os homens também. Ele já se preparava para remover a areia da porta da garagem: ouviu o caminhão frear e perguntarem pelo doutor Luís.

— Sim?

— Somos do Gomes.

São dois homens fortes, valentes, as camisas-de-meia suadas em volta das axilas. Sólidos e submissos, vão entrando pela casa, têm experiência de tarefas assim, quase todas as semanas, principalmente após o último temporal, chegava veranista para pedir ajuda, eles sabiam os pontos certos onde atacar, onde o sal vencia a defesa da casa, a proteção das vidraças.

Vendo-os arrastar móveis, desenfiar cortinas, tem a impressão de que os homens conhecem a casa antecipadamente, tranqüiliza-o a intimidade com que localizam os objetos e determinam serventias. Não precisa fazer nada, nem mesmo orientá-los. Se houver novo vendaval, ele nem precisará ir a Cabo Frio: bastará pedir ao Gomes e o Gomes dispõe daquela tropa de choque contra os ventos, contra o sal.

— Amanhã vou trazer a mulher. Ela cozinhará para nós, arrumará a copa e tudo o mais. O senhor vai ver, aquilo é braço.

— Isto aqui tem trabalho para uns três dias. Há muita casa por aí em pior estado. Na casa do Gouveia foi estrago geral, será preciso chamar pedreiro e pintor. Aqui não houve nada, só sal. Basta limpar, ventilar, vasculhar tetos, sacudir tapetes e cortinas. Lá fora, sim, há mais trabalho, mas o senhor teve sorte, olhe que esta região aqui é muito castigada.

Ele se limita a olhar os homens. Quando percebe que trabalham melhor e mais rápido sem a sua presença, vai para fora, examinar a Mercedes. Tem vontade de limpá-la, ela está suja da estrada, a poeira cobre o cinza-metálico, fazendo um contraste que envelhece o carro.

Abre a porta da frente. Todos os dias entra ali e quase nunca olha para baixo do painel. Repara no talão que o posto de lubrificação deixara, assinalando a quilometragem da última troca de óleo. Confere pelo odômetro: já passara dos 5 mil quilômetros, é época de nova lubrificação, trocar óleos, engraxar parafusos e pinos. No Rio, tem pouco tempo, e mesmo que tivesse, Maria Clara abusava da Mercedes. Para ela, desde que o carro andasse, nada importava. Até sem gasolina ficara uma vez, no Alto da Boa Vista.

— Eu não sabia que o tanque estava vazio.

— Mas você não olhou o mostrador?

— Eu? Eu nunca olho para esses troços.

Ela nunca olhava para aqueles troços. Olhava para a frente e desde que o carro andasse, tudo estava bem. Com isso, a Mercedes se ressentia, já dera sinais de maus-tratos, em uma das verificações o mecânico avisara sobre o burrinho do freio, estava seco, as borrachas ressequidas, era um perigo.

Arranca a papeleta do posto e olha o relógio. Não precisaria do carro tão cedo, há trabalho em casa para uns três dias, bem que pode arranjar um posto para a revisão. Avisa aos homens que dará um pulo na cidade, deixará o carro para lubrificar, e nem se admira quando um deles recomenda com intimidade o posto à esquerda da casa do Gomes:

— Procure o Mário. Diga que foi o Nélson quem mandou. Ele trabalha bem, é quem lubrifica o carro dos Aguiar, aqueles que têm uma Mercedes igual à do senhor.

Vira o arranque e enfrenta a estrada, agora a favor do vento. Tem o pé na metade do acelerador e vê o ponteiro do velocímetro desenvolver, aproximar-se da marca dos cem, ultrapassá-la, chegar aos 120 com facilidade, o acelerador quase no meio de seu curso. O motor está bom ainda, a dificuldade que tivera na vinda fora o vento contrário, prendera o carro.

Lembra a freada. O homem que brotara repentinamente do chão, para morrer sob suas rodas.

"Foi aqui!"

Passa pelo mesmo lugar, vê no asfalto, na outra mão, as marcas que os pneus deixaram.

"Podia ter matado o camarada. Foi sorte dele. E minha."

Estranha, mais uma vez, que o homem não tivesse se assustado. Em qualquer outra situação, ele teria direitos a esbravejar, dizer palavrões, xingá-lo. Mas parecia que tudo fora combinado, tudo ensaiado, "o senhor fica aqui, no meio da estrada, o carro vem a 120 e quando chegar aqui — justamente aqui — o carro pára, pode confiar". Tudo dera certo e o homem metera a cara em sua janela, para cumprimentá-lo, como se ele tivesse feito com perfeição o papel combinado.

Passa agora pela casa do Gomes. Tenta olhar para dentro, mas há uma carroça estacionada na frente. Faz a curva e vê o posto de gasolina, destacado em suas cores berrantes. Roda uma bomba e procura, tateando com a direção, o boxe de lubrificação.

— Mário está?

— Sou eu mesmo.

— O Nélson me mandou. É para lubrificar, trocar óleo, ver pinos e contrapinos, serviço completo.

— Pode deixar. Está em boas mãos.

O homem olha o carro, avaliando-o. Baixa a cabeça para examinar os pneus, toca com a mão a roda da frente.

— Está comido aqui, já viu?

— Foi uma freada. Um louco no meio da estrada, quase o matei.

— É. A freada foi feia, comeu pneu.

Com a mão arranca a pequena tira de borracha que se desgruda da roda.

— Vamos abrir o capô? É sempre bom dar uma espiada.

Procura a tranca sob o painel e puxa. O capô salta lá na frente. Pela pequena fresta aberta junto ao radiador, Mário mete o dedo e levanta a carapaça de metal. Enfia a cara pelo motor. Ele resolve espiar também.

— Tudo em ordem?

— O senhor já tinha visto aqui?

O dedo sujo de graxa, as unhas recheadas de óleo apontam para um cabo de vela.

— Que que há?

— Esta vela aqui é nova, foi substituída e não é apropriada para o motor.

Ele não se recorda de ter trocado de velas. Já fazia mais de dois anos que mexera nisso, mas mudara o jogo inteiro, substituindo o antigo pelo novo. No entanto, há uma vela diferente, a cabeça cor-de-rosa destacando-se das demais, brancas, embora encardidas de fuligem e pó.

"Devem ter sido os rapazes."

— É bom arranjar outra vela, vou quebrar o galho para o senhor.

Não dá importância ao fato. Na realidade, fora apanhado desprevenido, ignorava que houvessem mexido nas velas do carro, os rapazes, volta e meia, quebravam seus galhos também, e quem terminava pagando as emergências, as grandes ou pequenas mecânicas, era ele mesmo.

Quanto a Maria Clara, essa jamais se incomodaria em trocar uma vela, se a Mercedes enguiçasse de forma irreparável, ela encostaria o carro em qualquer canto, pediria o reboque ao Touring ou — o que era mais provável — telefonaria para ele: "Olha, aquela droga parou aqui comigo e não quer andar, venha dar um jeito."

Agora, que está sozinho outra vez, e depois de ter inutilmente telefonado para o Rio — para a casa do sogro e para sua própria casa —, vai à mesa do canto onde guardara a vela retirada. No posto, Mário havia feito a troca e uma digressão sobre o inconveniente de se usar uma vela inadequada ao tipo do motor, principalmente quando o carro é uma Mercedes, cujo motor funciona com a precisão de um teorema.

O mecânico chegara a estranhar não estar o carro rateando. Ele podia citar o caso da velocidade, de tempos para cá notava o carro pesadão, desenvolvendo pouco, para dar 120 era preciso castigar o acelerador, e bastava um mínimo de vento contrário para travar a potente máquina. Preferira não dizer nada, para que ninguém pensasse que ele, o dono do carro, não o dominava integralmente, a fama podia começar assim: não se domina bem um carro, depois uma casa, mais tarde a família — e aí o negócio torna-se ridículo ou trágico, vira anedota ou drama.

Fiel à solidão daquela noite que avança sobre a casa despedaçada — olha as salas e tem a impressão de que tudo é ruína —, rola a vela entre os dedos, pesando-a, procurando lembrar-se de algum detalhe que justificasse a troca. Lembra certa tarde, os rapazes foram dar uma volta, demoraram muito, depois disseram que a Mercedes havia custado a pegar, mas fora o carburador, bastara o apertão no parafuso da mistura e o carro viera bem. Se tivessem mudado a vela, não havia por onde esconder, os rapazes o teriam avisado, mesmo porque saberiam que a troca poderia afetar o funcionamento da máquina.

Recorda outra vez, mas esta com Maria Clara. Ela saíra cedo, tinha combinado almoço com uma amiga em Petrópolis, aniversário de formatura do colégio ou coisa que o valha. Ficara de voltar à tardinha, mas voltou noite alta. A amiga fizera questão de que ela jantasse em casa dos pais e ela não pôde fugir.

— E o carro, foi bem?

— Subiu bem. Na descida vim devagar por causa dos faróis em cima da cara, mas aí embaixo, quando começam as retas, acho que o motor começou a ratear.

— Você sabe o que é isso?

— Sei lá! Quando o troço não funciona bem eu só sei dizer isso: está rateando.

— Deve ser vela suja. Amanhã vou ver.

Passou o amanhã; o carro não estava rateando, ele nem se lembrou mais daquilo, e só agora, quando o homem apontara com o dedo sujo a vela estranha, sabe que alguém mexera no motor. Mecânica complicada demais para uma simples amadora, como Maria Clara, que necessitaria ferramentas e conhecimentos especiais para, primeiro, localizar o defeito, depois efetuar a troca.

"De onde teria saído esta vela?"

Quando o mecânico a retirara, verificaram o número impresso na cabeça.

— Isso é vela de carro grande, patrão. De Chevrolet para cima. Carro de oito cilindros.

A informação em nada o orientou. Aperta a vela entre os dedos, o carro grande ou pequeno, de oito ou de mil cilindros, o fato é que a pequena peça de porcelana e aço, escorregadia de óleo, pesa em suas mãos, como um intruso. Mais que uma vela retirada do motor, é um espinho retirado de sua carne. Não sabe ao certo onde está doendo, nem por que está doendo, mas sente em algum território de sua carne o vácuo deixado pelo corpo estranho que lhe arrancaram, o sulco dolorido, sem forma e sem fundo, sem limites nem larguras.

Aproveita o janelão aberto. O vento parara, depois do jantar. O calor que o substitui pesa na casa, como estranho também — um outro estranho. Abrira o janelão para refrescar o quarto, embora os homens da limpeza não o tivessem recomendado, por causa da aragem salgada.

O janelão abre a sua goela quadrada contra a escuridão e a vela passa, insignificante bólido, até sumir na noite. Ele espera pelo barulho que a vela fará em algum lugar, quando tocar na cerca ou bater nos caminhos cimentados do jardim. Mas não há barulho. Cai mansamente, em algum monte de areia e, em silêncio, não mais o incomoda.

Mesmo porque sente sono, saíra de seus hábitos, ajudara os homens a arrastar móveis, a transportar escadas. Cai na cama e dorme bem, como se estivesse em vésperas de fazer alguma coisa de importante e para a qual estivesse preparado e ansioso.

10

Ouve a freada do lado de fora e nem se dá ao trabalho de ir ver. Desde cedo os homens estão trabalhando, já as cortinas foram sacudidas na área dos fundos e um deles trouxe a mulher — sólida mulher para trabalhos assim. A cozinha ficara intransitável, mas antes mesmo do meio-dia o cheiro de comida subia de lá, no prenúncio de almoço e frituras.

Já se esquecera da freada quando ouve conversa lá embaixo. O homem que vasculha os tetos dá explicações a um visitante, ele ouve o próprio nome, com a indicação de que está lá em cima.

— Pois mande chamá-lo.

A voz é de mulher, e só então associa a visitante à freada lá de fora. Prepara-se para descer, mas antes espia o jardim. Do lado de fora, brilhando ao sol com seus cromados e vidros, há um carro branco, tipo esporte, cuja marca, à primeira vista, não consegue identificar. Desce as escadas vaziamente, neutro, e enquanto desce não pensa na visita inesperada e sem propósito, pesquisa consigo mesmo a marca do carro, uma Mercury talvez, ou uma Alfa Romeo, antigamente era perito nisso, depois perdera a mania, havia muito se desatualizara, em compensação, os rapazes haviam herdado aquele vício, pelo cheiro de fumaça de descarga, tanto Sérgio como Fernando seriam capazes de identificar o carro, o fabricante, o modelo, o ano, a série.

"Talvez seja apenas um carro nacional metido a besta": é o seu último pensamento antes de chegar ao último degrau da escada e cair.

A sala gira, sente o pé preso em alguma coisa mole, logo a cabeça bate com estrondo no canto do chão com a parede, ouve o estalo seco, depois a zona negra em sua vista, logo um clarão, e quando passa um objeto sem forma e sem peso pelo seu rosto, ele sente o visgo pastoso, melando a boca: "Sangue!"

O objeto sem forma e sem peso que passara na sua frente é sua mão, sente-a agora, que a aproxima do rosto. Há o traço vermelho à altura dos dedos e não precisa passar a mão outra vez pelo rosto para sentir que o nariz sangra.

"Sangue!"

Na sua frente, os dois homens da limpeza tentam levantá-lo, procuram segurá-lo pelos pés e pelos braços.

— O senhor não viu o tapete. Estava enrolado aqui no canto, junto ao último degrau da escada.

Deixa-se levantar, sem vontade. Pudesse, ficaria estatelado no chão, gozando as migalhas daquela insensibilidade que o entorpece e que não é dorida ainda.

Quando um dos homens segura em seu braço, dá o gemido:

— Acho que o pulso está quebrado!

O homem olha o pulso e ele percebe que alguma coisa realmente está deslocada sob a pele e sob a carne, a mão pende como animal de muitas patas, sem comando de sua vontade e músculos.

— É preciso levá-lo ao posto!

A voz é de mulher agora, às suas costas. Ele procura recordar-se da voz da cozinheira, mas não é preciso: a cozinheira está na sua frente, imóvel, pálida. Atrás de si, a voz estranha continua:

— Lá para as bandas da cidade tem um posto de primeiro socorro.

Sente a mão invisível que o segura nas costas, quase um afago. Vai virar o rosto para ver quem o está segurando, mas cai no sofá, largado pelos homens, e envolto na treva súbita e indolor que o amortece de vez, e docemente.

Quando acorda, a cabeça está apoiada no colo da mulher. A cozinheira tem a xícara de café na sua frente, e ele sente-se infantilmente ligado e agradecido àquele colo que o acolhe e protege.

— Pronto! Vamos, os homens me ajudam a levá-lo, o senhor precisa de curativo, está ferido.

Ele concorda, sem resistências, sim, ferido, muito, muito ferido. Faz esforço para erguer-se, concentra nas espáduas a energia de que é capaz, retesa os músculos da perna e quando a vontade ordena, sente todo o corpo ranger na tentativa de sentar-se e dominar-se. Mas a cabeça consegue apenas se libertar do colo da mulher. Quando o peso vence o acúmulo de força do resto do corpo, solta novo gemido e a cabeça cai, mais densa e pesada, sobre o colo que o aguarda.

Ouve a voz:

— Não faça esforço! Fique quieto, daqui a pouco os homens me ajudam a colocá-lo em meu carro.

Desiste de lutar. Há a sensação de abandono e infância no calor que rodeia a cabeça. Sente as carnes macias que o amparam, e a mão que alisa seus cabelos, procurando acalmá-lo, tem gosto ambíguo de sensualidade e proteção. Vontade de agarrar aquela mão e beijá-la, mas a consciência pouco a pouco ilumina os espaços escuros que o rodeiam.

Sabe agora que caíra da escada, machucara-se, batera com a cabeça em qualquer canto, desmaiara. O sangue que jorra do nariz está vedado pelo enorme emplastro de algodão que lhe puseram, e cujas bordas tapam metade da vista esquerda. Pior que o atordoamento geral, é a dor que pouco a pouco está brotando, cada vez mais funda, no pulso esquerdo. Faz a mão direita pesquisar o ferimento, sente o pulso mole, procura comprimir o local afetado até amortecer a dor, percebe, por baixo da pele, das carnes e dos músculos, os ossos fora do lugar.

— Acho que quebrou mesmo.

— Não se incomode. Lá no posto dão um jeito.

A voz acima de sua cabeça percebera que ele tateava o ferimento. É uma voz forte, bem pronunciada, as palavras saem agressivas, mas há ternura nas pausas, e abandono no modo como respira. Ele mexe com a cabeça e sente o roliço das coxas que o aparam. Com o braço direito passa a mão na testa, mas na verdade, tenta roçar com o cotovelo a cintura da mulher que o domina.

Tocada, a mulher reage:

— Acho que já podemos ir! O senhor está melhorando!

Chama os homens que tinham voltado ao trabalho. Agarram-no com exagero, como se ele fosse já um defunto. A cozinheira corre para o carro recém-chegado e abre a porta do lado contrário ao volante.

Quando se vê suspenso no ar, seguro pelas pernas e pelos braços — a cabeça amparada pela mulher —, tem vergonha e raiva. Reage com violência e sinceridade, estica as pernas, e agora o comando dos músculos é forte e honesto. Consegue ficar de pé.

— Podem deixar. Eu mesmo vou.

Os homens ficam aliviados daquela tarefa extra. A mão que segurava a cabeça desaparece atrás de si. Ninguém protesta e ele percebe que estava gostando daquele abandono, daquela irresponsabilidade, ser conduzido como um mutilado, ser frágil e indefeso, sob o comando da mulher estranha que subitamente invadira sua casa, seu corpo, sua vontade, e oferecera o colo e as coxas para amparo e afago.

Diz mais uma vez que quer ir só, na esperança de que a mulher faça alguma coisa a seu favor.

Então, os movimentos coincidem. Ele tenta olhar para trás e ela procura tomar a sua frente.

— Podem deixar! Eu mesmo vou!

— Seja como quiser. Eu o levo pelo braço. Ainda está tonto.

Não retira o braço que ela segura com força, como se ele pesasse mais que na realidade.

— Obrigado. A senhora foi muito boa.

— Deixa isso para mais tarde. Vamos arrumá-lo no carro.

Chegam perto e só então ele vê o Jaguar esporte que havia parado no jardim. Lembra que descera as escadas procurando identificar aquele carro, no esforço — talvez inconsciente — de identificar, também, a voz de mulher que ouvia lá embaixo. Depois caíra, perdera os sentidos e as vontades, e — recompensa e castigo — penetra agora naquele carro estranho e não sabido, conduzido pela mulher estranha e não sabida — apesar de já haver recostado a cabeça entre as suas coxas, sentindo o prazer e o mormaço de seu colo.

— Quer ir lá atrás? Vai mais cômodo, pode até deitar.

— Não. Prefiro ir na frente. Estou melhor.

Ajeitam-no no assento à direita. A mulher dá a volta e toma o volante. Ele nota que os homens pararam a faxina, esperam novas ordens.

Bota a cara fora da janela:

— Podem continuar o serviço. Vou ao médico, mas daqui a pouco estou de volta.

— Faço o jantar para o senhor?

A cozinheira pergunta pelo jantar e antes que ele responda, a mulher ao volante responde por ele:

— Pode. E faça também para mim. Vou trazê-lo de volta e fico para o jantar. Estou sem ninguém lá em casa.

Liga a chave, engrena a ré, o carro tem um ruído parrudo e concentrado. Logo apanham o asfalto, o carro embica contra o vento, engolindo a estrada, em busca da cidade. Ele olha para a frente, fixo, embora sinta a mulher a seu lado. Conhece o seu calor, o calor de seu colo e de suas coxas.

A casa novamente deserta. Neste primeiro dia, os homens a desarrumaram mais ainda. Está tudo fora de lugar, mas paradoxalmente, há limpeza: os tetos foram vasculhados, o pó removido, as cortinas e tapetes estão amontoados pelos cantos, há bagunça, mas há asseio. Os homens, à noite, foram-se embora. Voltarão amanhã cedinho, para iniciar a arrumação definitiva, botar tudo nos lugares. A mulher da cozinha preparou e serviu o jantar para ele e para ela, como se ambos fossem seus senhores, donos daquela casa e daquilo tudo. Depois fora embora também.

Ela demorou até há pouco. Despediu-se como se fosse conhecida antiga — ou mais que isso — com direitos já e deveres. Voltará amanhã, também, para o almoço. Se algum dos homens ficasse livre, ela o levaria para casa, que viera a Cabo Frio para tarefa igual, remover o sal que penetrara em seus domínios. Apenas o marido não pudera vir, tinha escritório e compromissos no Rio e em São Paulo, um minuto de seu dia de trabalho custava não-sabia-quantos-mil-cruzeiros, o jeito fora ela vir mesmo, que o marido nem para as férias do fim de ano vinha regularmente, escravizado pelo trabalho ou apenas enfarado do lar.

Chegara pela manhã e fora direto ao Gomes, perguntar pelos homens. Um deles, em temporada passada, tinha feito limpeza para ela. Gomes indicou onde os homens estavam, era combinar com o dono, um tal de doutor Luís, ele, Gomes, não podia afirmar quantos dias gastariam na limpeza, só mesmo se ela desse uma espiada.

Viera, então, sem cerimônia. Deixara o carro no jardim — ele ouvira a freada lá em cima — e aproveitando as portas abertas e o homem que limpara sua casa estar ali, fora entrando. Até que o dono desceu as escadas, não viu o tapete, rolou, bateu com a cabeça na ponta de um móvel, caiu desacordado, quebrou o pulso, ela teve de socorrê-lo, levá-lo ao posto de saúde, para os curativos, a gessagem do pulso quebrado.

Depois regressara, jantara com ele, e para evitar que o silêncio cavasse entre os dois uma dimensão não desejada por ambos, optara por falar, falar muito, sobre o passado, o futuro, coisas neutras e indolores que impedissem o presente e a penetração de qualquer sentimento ou curiosidade.

Falara a tarde e a noite inteiras, ele ficara sabendo uma porção de minúcias, mas realmente nada sabia dela, até mesmo o nome — única coisa bem sabida que restara da visitante súbita — não parecia ser o dela, e não o era realmente, pelo menos não o era integralmente.

Fizera-se chamar de Dréia, e só ao despedir-se dera o nome inteiro, com o do marido ainda por cima:

— É perguntar pela Andréia, mulher do Mesquita.

Repete agora o nome, e não sabe se prefere o diminutivo — que não deixa de ser um esconderijo — ou o nome completo, com o respectivo corolário que lembra o dono: "Andréia Mesquita."

Não consegue recriar, no espaço vazio que ficara em torno, a figura e o gosto da visitante. Volta a chamá-la, como se ela agora estivesse no cômodo ao lado, preparando-se para deitar: "Dréia!"

Faz sentido e verdade. Mais: faz doer alguma coisa dentro dele; farrapo de desejo; fiapo de afeto. Julga-se com direito ao carinho gratuito e repentino que Andréia soubera dar. O carinho que Maria Clara também saberia dar, mas com a dose de amargura, ou de dever cumprido. Andréia vivera tantos anos longe dele, ignoravam-se compactamente, até que, de repente, após o desmaio, sentia-lhe o mormaço das coxas, a macieza do colo, o calor do afago. E, quem sabe, a sua cabeça também contaminasse o colo de Andréia com impensado calor. Talvez há muito ela não sentisse no colo o peso da cabeça de um homem. Havia um Mesquita no mundo e na vida dela, mas esse Mesquita ficara no Rio, cuidando da vida à maneira dele. Não havia nenhum Mesquita naquela tarde, quando sua cabeça, com astúcia infantil e dolorida, fez pressão contra o colo de Andréia, até sentir-lhe a mornidão, a fragilidade.

Sente-se injusto. Afinal, com Maria Clara, haveria equivalência de situações. Ela também não pudera vir, tinha compromisso sério, talvez o Mesquita tivesse compromisso análogo. Mas com analogia ou não, com identidade de situações ou não, o fato é que aquela tarde jamais poderia ser vivida de outra forma, aquela história jamais poderia ser reescrita com outro sentido. Ele caíra e ela o apanhara e tratara dele. Há um vínculo, agora, além da carne e dos códigos, o vínculo dos náufragos que se socorrem, dos sedentos que se mitigam.

Abre o banheiro. Na afobação da tarde, esquecera-se de tomar banho. Tem o pulso engessado, não poderá usar o chuveiro, tem de encher a banheira. A água sai quente, e ele espera que o nível suba às bordas. Fica olhando a água tomar a forma côncava e azul da banheira — baleia esmaltada que o espera em seu enorme ventre. Quando entra, tomando cuidado para manter o pulso seco, o corpo faz a água transbordar e empoçar no chão de ladrilhos. Olhando os ladrilhos molhados lembra Maria Clara, as posses de que ela gostava e que procurava, tomavam banho no boxe mas acabavam rolando pelo chão, nus e ensaboados.

À lembrança de Maria Clara o desejo brota, como uma flor, em sua carne. A água da banheira está quente, e ele procura distrair-se, concentrar-se no pulso, evitar que se molhe a bandagem que o médico colocara.

E de repente, sem transição, no ladrilho molhado, vê Maria Clara. Depois vê Andréia. A outra dissolveu-se na poça opaca do ladrilho, mas Andréia surge, vestida ainda — não consegue imaginá-la nua —, e imagina mais ainda, ela abre a porta, ele suplica que chegue mais perto, mais perto, "vem, vem", Andréia percebe que ele a chama para segurar o pulso, aproxima-se sorrindo, segura-lhe a mão, mas ele tem força para apertar seus dedos e ela se aproxima mais e mais, Andréia não foge, pela transparência da água ainda não poluída pelo sabão ela sabe que ele a deseja, e Andréia vem, não o condena, senta-se na borda da banheira, ele adivinha, pelo apertado da saia, a curva sensual dos quadris.

— Vem!

Espanta-se ao ouvir a própria voz. Sentira tão intensamente a presença de Andréia ali — que chegara a falar em voz alta, como um santo em êxtase.

O susto de ouvir a própria voz o repõe na realidade, no banho solitário e enfermo — o pulso atrapalha os movimentos e isso o irrita, está sem Maria Clara, sem ninguém, só ele, com seus fantasmas antigos e indormidos, e, além dos fantasmas, muito recente para merecer a categoria de fantasma, o rosto de Andréia, de Dréia, suas promessas e alucinações.

11

No silêncio que envolve a casa, o telefone soa agressivo, inapelável, como um insulto, ali em seus domínios. Acaba de chegar da casa de Dréia, demorara-se, ficara para jantar, quando ameaçou o temporal ela insistiu para que ele permanecesse, prepararia uma cama, mas ele alegou a necessidade de verificar as portas e janelas, seria uma tragédia se, após o sacrifício da limpeza geral, justamente quando pensava em regressar ao Rio, tivesse de recomeçar tudo.

Correra pela estrada, os faróis marcavam no asfalto dois estiletes de luz, viu o acelerador subir os cem, passar os 110, ultrapassar os 120. Ao aproximar-se da casa, insensivelmente diminuiu a velocidade: lembrou o homem que quase atropelara, dois dias antes, que lhe aparecera repentinamente na estrada. Desta vez não aparecera ninguém, passara pelo mesmo trecho em marcha lenta, olhou para os lados, à espera de uma emboscada, mas os faróis continuavam a cortar a escuridão em duas fatias de luz que oscilavam na sua frente.

Guardou o carro na garagem e penetrou pela porta dos fundos. Da cozinha, ou da entrada da copa — não pôde precisar onde —, ouviu a campainha que acabara de tocar.

"É Maria Clara!"

Espera, parado, por novo toque, para ter certeza. Corre então, na pressa nem acende a luz. Do outro lado, a voz de Maria Clara é forte, àquela hora da noite as ligações para o Rio melhoram, há nitidez no sopro, no modo como ela joga palavras e sentidos:

— Onde você esteve?

— Saí. Fui levar os homens da limpeza à cidade.

— Telefonei a tarde inteira e não havia ninguém aí.

— Eu também telefonei para você, ontem e anteontem, e não consegui localizá-la.

— Dormi duas noites seguidas com papai. Mamãe me deu o seu recado.

— E por que não ligou logo?

— As telefonistas implicaram comigo, diziam que os troncos estavam ocupados. Só hoje consegui ligações, mas não o encontrei. Já ia desanimar.

— Eu sempre disse que este telefone não serviria para nada. Veja, estamos discutindo por causa dele e apesar dele.

Fazem, sem querer, uma pausa. Ele toma a iniciativa:

— Que que você queria comigo?

— Nada, ué. Queria dizer que... já está tudo pronto?

— Já.

— Muito trabalho?

— Bastante. Tinha sal até dentro dos móveis.

— Por que está demorando tanto?

— Precisei de homens que me ajudassem. Eles vasculharam tudo, desmontaram as cortinas, enrolaram os tapetes, passaram pano molhado pelo chão, depois rasparam o assoalho, enceraram, pediram três dias de trabalho mas gastaram quatro.

— Mas você está aí há cinco dias!

— Tive de ficar para arrumar o restante e tomar providências. Além do mais, o carro enguiçou, tinha uma vela trocada que fazia o motor ratear.

— Fui eu que mandei trocar a vela. Esqueci de avisar.

— Quando?

— Ah! Já faz tempo, foi quando descia de Teresópolis, o carro começou a reduzir, parei num posto, ninguém sabia o que era, até que chegou um camarada, examinou as velas, cismou com uma delas, disse que não dava centelha, fez a troca, ele tinha uma sobressalente, não me cobrou nada.

— Bom, você devia me avisar, fiz papelão diante do mecânico, botei a culpa nos rapazes.

— Quando é que você volta?

Faz a mulher repetir a pergunta para ganhar tempo e resposta.

— Quando é que você volta?

— Talvez amanhã. Ou depois.

— Por que tanto tempo?

— Vou aproveitar, agora que a casa está arrumada, para descansar um pouco. Olha, levei um tombo e quebrei o pulso, não vou poder dirigir por algum tempo, preciso arranjar um camarada que me leve ao Rio, não tenho firmeza na mão, dirigir assim é arriscado.

— Quer que eu mande um dos rapazes?

— Eles não estão no colégio?

— Morreu um dos diretores do internato e deram três dias de folga. Estão em casa.

— Não precisa incomodá-los. Eu me arranjo.

— Bom, se é assim, continuo com papai.

— Por quê? Você queria vir?

— Telefonei para saber se você precisava de mim. Já tinha falado com Maria Isabel, ela ficaria esses dias com papai, na semana passada eu fiquei quatro noites seguidas, ela precisou fazer uma viagem com o Paulo. Agora seria a minha vez de descansar, já tinha combinado tudo, mas você não precisa de mim e papai precisa.

E, depois de nova pausa em que ambos não tiveram nada a dizer:

— Enfim, é só isso.

Ele acrescentara, com um pouco de remorso:

— Vou fazer tudo para estar aí depois de amanhã.

— Não precisa. Pode descansar mais um pouco. Você merece.

Ele tem vontade de dizer que voltaria naquele instante mesmo, enfrentaria a estrada com o pulso engessado, se ela ao menos ficasse em casa. Mas fazer o sacrifício de descer, arriscar a estrada à noite, para acabar dormindo sozinho, no apartamento do Rio, era mais prático ficar onde estava. Pensa dizer tudo isso, numa lealdade de que aos poucos vai se desabituando, mas tem vergonha de revelar esta fraqueza. Descobre, com amargura, que de agora em diante jamais será completo com ela. Sente-se penetrado por um punhal estranho e não querido, punhal que lentamente vai sendo assimilado, integrando-se em seu gosto, em sua fome.

— Bom, desço amanhã, ou depois. Até lá.

— Até lá.

A impressão é de que desligaram ao mesmo tempo, cansados reciprocamente de se esconderem atrás das palavras. Quando abandona o telefone, repara que está no escuro, que conversara, quase brigara com sua mulher no escuro. Tateia a parede com o pulso engessado até encontrar o comutador. Com a outra mão aperta-o. A luz recria sua sala, a lareira inútil, as cortinas que parecem lavadas há pouco. Tudo limpo e arrumado, cheirando a novo, tal como há ano e meio, quando inauguraram a casa. Mas agora não haverá inaugurações. Acabara de discutir com Maria Clara, duelo de palavras e sentidos ocultos, e, além disso, traz em seu corpo o cansaço de ter lutado contra o desejo de agarrar Dréia na casa dela, e possuí-la, como ela quase pedia para ser possuída.

Removera o sal, sim, tudo está limpo, pode pisar no assoalho ou nos tapetes, não sente sob os pés o desagradável atrito do sal. Mas há, agora, novas e maiores zonas de atrito, um atrito irremovível, total. Dréia estivera ali, naquela sala. Almoçara e jantara com ele, como se fossem casados ou amantes. Os homens da limpeza passaram a receber as sugestões dela como ordens, e ela foi realmente a dona de sua casa. Ele se entregara, tal como na hora do desmaio, quando se sentira infantil e doce, protegido em seu colo.

Olha o tapete estendido no centro da sala. Foi naquele tapete que tropeçara. Traça, mentalmente, o diagrama de sua situação. Primeiro o sal. Depois o tapete. O tombo, o colo, Dréia. O depois.

Sim, o depois. Há um depois nisso tudo, um depois que ainda está para acontecer, que talvez já tenha começado a acontecer. Depois que o fascina e repugna ao mesmo tempo.

Pensa em Maria Clara: está à cabeceira do pai, quem sabe tivera convites, um médico circunstancial que a retivesse para um jantar — a família dela talvez a ajudasse, o ódio dos Viana contra o genro era tamanho que seriam capazes de arranjar ou de encorajar um amante para Maria Clara. Conhecia sua mulher o bastante para saber que ela não cairia sem luta. Mas se já tivesse havido essa luta?

Ele, de sua parte, resistia ainda, como podia, mais até do que desejara. Aceitara o convite de Dréia para jantar na casa dela, que ela praticamente se instalara ali, só pela manhã daquele dia deslocara o centro de operações para a própria casa. Conseguira levar os homens e o avisara da impossibilidade de aparecer:

— Hoje não apareço. Por que você não vai lá em casa para o jantar?

— Não quero incomodar. Sei que você tem muita coisa a fazer.

— Não seja bobo. Esses mesmos homens, essa mesma mulher que estiveram aqui, estarão lá. A situação será a mesma, só que em minha casa.

Ele fora. Conhecia a casa de Dréia por fora, das vezes em que a levava de volta — ela pedira que ele experimentasse o Jaguar.

— Posso correr?

— Pode.

— Posso dar 120?

— Até mais. Isso corre bem. Na reta próxima à praia pode dar até 180.

Correra e vira a casa dela por fora. Mais suntuosa que a sua, embora de péssimo gosto. Havia os vidros lapidados representando paisagens orientais. E o excesso de enfeites. Ela percebeu que ele não ficara bem impressionado.

— O gosto foi do Mesquita. Eu não dei palpite.

Conhecera, então, a casa por dentro. O mesmo gosto duvidoso esparramado no ambiente exageradamente confortável e caro. Os estragos do sal haviam sido mínimos, naquele trecho os ventos não eram tão fortes, esparramavam-se na grande área descampada, e a casa, aproveitando o feitio do terreno irregular, era triangular, em quina, apenas uma de suas faces, a menor aliás, ficava exposta ao mar, às areias, ao sal.

— Em comparação com o que aconteceu lá em casa, aqui não houve nada.

Ela concordou. Sim, não sofrera nada, mas queria pretexto para ficar alguns dias ali sozinha, estava cansada do Rio, dos compromissos, do marido. Pudesse, sujaria a casa inteira, só para gastar duas semanas ali, sozinha.

— Olha. Não suporto o meu marido. Mas o amo, infelizmente o amo. Gosto dele à distância. Nunca o traí. Nem espero traí-lo. Mas quero distância dele, preciso dessa distância, às vezes. Ficarei melhor aqui, nesta casa tenho algumas recordações boas, sabe? Gosto daqui.

Jantaram sozinhos, e, por sugestão dela, ele preparou duas doses de uma bebida estranha que encontraram num armário.

— Não posso tomar álcool. Dou para fazer besteira, fico tonta com facilidade.

Apesar disso, pegou no copo que ele preparara para si mesmo, e entornou um grande gole.

— Pronto! Estou com fogo aqui dentro. Vou fazer besteira.

E fez. Juntou sua boca à dele e beijou-o. Ele então apanhou o copo de suas mãos e impediu que ela repetisse a dose. Mais tarde, na hora da despedida, ela pediu desculpas, parecia humilhada:

— Não me leve a mal. Foi aquilo que tomei. Só assim tenho coragem de fazer certas coisas.

Ele fez ar soberano e clemente. Ela insistiu:

— Você gostou?

— Sim.

— Quer mais?

Olhava-o nos olhos, como a dizer que não era a bebida agora, estava lúcida, queria mesmo.

Ele a agarrou com força, abriu os dentes para que neles coubesse a boca de Dréia. Apertou-a contra si, baixou as mãos até sentir o macio dos quadris, a poderosa curva das ancas. Ela se entregou, a boca faminta e rota.

— Estamos fazendo asneira.

Foi ela quem saiu do abraço com a frase propositadamente plural.

— Sim. Ia me esquecendo, afinal, você ama o seu marido.

— E você ama a sua mulher.

Olharam-se com rudeza, um pouco de maldade. Separaram-se. Ele fora embora, sem se importar com o olhar com que ela o acompanhou, até que o carro sumisse de seu jardim.

"Deveria ter ficado! Teria evitado este telefonema idiota!"

Está na estrada agora, em sentido contrário, correndo alucinado, o pulso engessado fazendo pressão contra o volante, para melhor firmar a direção. Os faróis cortam a escuridão com seus estiletes iluminados e móveis, o asfalto aceso é engolido pelo vento e some sob o carro.

Avista a casa de Dréia às escuras, uma silhueta pesada, mal destacada nas sombras que a envolvem. Quando faz a curva para abandonar a estrada e pegar o caminho que leva ao jardim, os faróis iluminam a construção triangular e fechada na sua frente.

Desliga o motor e bate a porta do carro com força. Dréia deveria estar acordada.

Quando se encaminha para a porta, sabe que Dréia está ali, oculta na escuridão, junto à porta semi-aberta. Ao aproximar-se, distingue o vulto branco que o aguarda. Ela oferece-lhe a boca, mas ele a agarra, aperta-a nos ombros:

— Eu sabia que você voltava!

Então sim, beija-a com desespero, mordendo-a. E aplaca sua fome, enganando o medo em suor e orgasmo.

12

Estou mais uma vez sozinho nesta casa. Sozinho como sempre estive, estes últimos dias. Já os homens acabaram a limpeza — e ao menos nisso fui perfeito, Maria Clara terá de reconhecer que fui exato, tudo está como novo, consegui até que a casa recuperasse aquele cheiro e aquele gosto de coisa nova. Quando venho lá de fora e entro pela sala, vejo os móveis, os sofás, as cortinas, a lareira que ela tanto quis — e tenho a sensação de estar inaugurando novamente isso tudo, como se a casa tivesse readquirido sua virgindade, seu estado de graça, e eu, sozinho, sem parceiros, fosse violá-la, domesticando-a para o meu uso e prazer.

Acabei de telefonar para o Rio. Falei com Maria Clara e, contrariando as últimas vezes em que lhe telefonei — encontrei-a com facilidade. Estava na casa do pai, o velho teve recaída, quase embarcou para sempre, e isso custou, a ela e ao resto da família, novos cuidados. Ela perguntou por que não regresso logo, o velho pode ir embora de uma hora para outra, e afinal pertenço à família, tenho direito aos despojos.

Estou fora do Rio há uma semana, quando, pelo normal, deveria demorar-me uns três dias. Para falar com honestidade, e para arrumar o que era preciso arrumar, os três dias bastavam. Exagerei nos prejuízos e nas dificuldades, a fim de ganhar tempo e permanecer aqui. Bem verdade que quebrei o pulso — e nisso não houve exagero, foi coisa independente de intenção e vontade. Mas posso guiar perfeitamente, a mão direita controla o volante, o próprio pulso engessado ajuda, firmando a direção. Já tenho dirigido em situações piores.

A mão esquerda, agora que está praticamente paralisada, excitou a outra mão. Sinto sempre vontade de fazer qualquer coisa com ela — e agora que fico só nesta casa, e tudo está pronto para a volta de amanhã, encontrei este caderno dos rapazes e esta vontade de escrever. Já é tempo — creio — de botar num papel os últimos acontecimentos e descobertas, guardá-los por um tempo, e mais tarde, reler isso tudo como se fosse uma história que já não é mais porque nunca foi, e, naturalmente, lucidamente, julgar o que sou agora, ou o que estou sendo — para ser exato.

Tenho Dréia. Essa frase — isso é uma frase! — precisa ser dita e é de lastimar que a diga aqui, em cima desta mesa onde eu e Maria Clara fizemos nossas primeiras refeições. É preciso que eu me compenetre desta verdade: tenho uma amante. Digo "tenho" e não "arranjei", pois na realidade não arranjei amante alguma. Não foi um arranjo o que aconteceu e está acontecendo. Foi posse, coisa adquirida, tida. Tenho.

Tenho Dréia, embora a recíproca não funcione: Dréia não me tem: me arranjou. Estou muito preso a mim mesmo, aos meus fantasmas e escombros, para ser de outra pessoa. Nem Maria Clara me tem, neste sentido.

(Por falar nisso, em que sentido terei Maria Clara?)

Talvez, com Maria Clara, eu não tenha nada. E este casamento não tenha sido mais que um arranjo, um arranjo aparatoso e abençoado pela sociedade. Eis, em verdade, a minha verdade: arranjei uma esposa e tenho uma amante. Compreendo isso agora e não me sinto culpado nem inocente de ter chegado a esta situação.

Tudo o que pretendi, obtive. Nem sei como, mas olhando o passado, vejo que nunca me faltou discernimento para saber aquilo que me convém, qual o melhor caminho a tomar. O diabo é considerar "melhor" o caminho que sempre escolho. Mas tenho sido decidido, rápido. Abandonei navios antes do naufrágio, e se não cheguei a porto nenhum, em compensação não soçobrei nas ondas. Mantenho-me à tona — e qualquer praia me salvará. Na realidade, não importa chegar a parte nenhuma.

Tenho esta casa também. *Tenho*, e não *arranjei* esta casa. Bem poderia ter arranjado coisa melhor, bastava ser dócil diante do sogro ou da própria Maria Clara. Mas fechei a questão e a paciência em torno dessa independência quando, na verdade, não me importo em ser ou não ser independente. Usei da independência como máscara para disfarçar minhas garras. Na realidade, até que gosto de depender dos outros, assim como dependi de Dréia quando estive ferido em seu colo, e como dependo agora, de suas abomináveis carícias.

Criei esta independência para isolamento e máscara. E para não me entregar, integralmente, a Maria Clara, nem a ninguém. Quando programei esta independência, tinha, por objetivo, talvez o próprio amor de Maria Clara. Mas a independência cresceu em si mesma, de meio tornou-se fim. Afinal, manter-me íntegro — é coisa que só de mim depende. Amor, depende dos outros. De qualquer forma, para proteger a independência e o possível amor, criei esta fortaleza: a casa em Cabo Frio marca o ponto mais alto da trajetória de minha independência e de meu amor a Maria Clara. Hoje, amo a minha mulher ainda, com o mesmo conteúdo, mas com outra forma.

Sinto-me ridículo escrevendo isso e vou parar aqui. Para ser honesto, bastaria escrever em letras destacadas: TENHO DRÉIA. É possível que mais tarde não compreendesse o sentido dessa confissão. Mas agora eu compreendo.

Pensei, por instantes, em guardar estas folhas, mas não valerá a pena. Vou jogá-las fora. Não lerei o que escrevi, e ignorarei até que ponto tenho sido capaz de sinceridade para comigo mesmo — se é que isso me importa. Gosto de me enganar às vezes. Tenho 42 anos e daqui a pouco começarei o declínio. O que fui até agora, o que tenho sido, não me satisfaz. Venci, em certo sentido, mas não no sentido em que eu ambicionava e para o qual me julgava destinado.

Finalmente, nada mais ambiciono. Tenho uma amante. Arranjei uma mulher, arranjei filhos, empregos, respeitabilidade — sou um homem estruturado, bem mereço o nome de doutor. No entanto, sinto que a obra não foi terminada. Para todos, componho um retrato perfeito e acabado, mas sinto que a mão que me modelou não retocou certos pedaços. Procuro saber onde ou em que intensidade não fui devidamente acabado — mas não consigo localizar o aleijão. Não há espelho para se ver isso. Apalpo-me, mas não descubro nenhuma deformidade. Mas a sinto, quando rolo, trôpego, sangrando pelas minhas chagas.

E o pior não é a consciência do aleijão. É não saber, até hoje, o que pretendeu de mim o autor desta obra ao fazer-me assim, deixando-me pedaços mortos e insepultos, flancos abertos e sensíveis para as dúvidas, as iras, as lágrimas.

Realmente, sou um homem. Mas isso não chega a ser um consolo, embora seja uma miséria.

Arranca a folha do caderno. A letra saíra pequena, e mesmo que desejasse reler não conseguiria decifrar mais nada. Faz a bolinha com o papel e procura jogá-la fora. A casa está fechada, tudo pronto para o regresso e ele se prevenira, o sal não mais penetrará ali, não há janelas abertas.

Vê a lareira, goela inútil, os ladrilhos cor de fogo.

"Nunca se queimou nada nesta lareira."

O isqueiro não nega fogo e ele abre uma das pontas do papel para receber a chama amarelada. Sustém na mão, enquanto pode, a bola que se consome. Quando o fogo se aproxima da mão, ele escolhe o lugar onde deixar aquilo. No centro da lareira, bem ao fundo, há um pequeno depósito para as cinzas. Abaixa a cabeça até penetrar pela goela de ladrilhos. Deixa a bola queimar ali. Ajeita, com o bico do sapato, as cinzas todas, a fim de que fiquem unidas, em torno do núcleo maior que não chegou a ser queimado.

De nenhum ângulo aquela sujeira será vista. Confere mais uma vez a sala e descobre que há fumaça no ar. Mas pouca, não precisará abrir janelas para ventilar a casa.

Vai subir para o andar de cima, dormir ali, sozinho. Lembra a primeira vez que se despediram da casa, há quase dois anos. Maria Clara quisera ficar só com ele. E fora novamente o delírio — um delírio que agora sabia ser final. Nunca mais as loucuras seriam repetidas.

Ao ver a cama arrumada pelos homens da limpeza, tem nojo de dormir ali. Nojo e medo. Desce correndo. Tira o carro da garagem, acelera o que pode, a fim de chegar mais depressa à casa de Dréia.

Não precisa bater. Ela descera e o esperava na porta, tal como na primeira noite.

— Eu sabia que você voltava.

Haviam tido a tarde inteira para a despedida, prometeram-se respeitar aquela noite. Ele regressaria para Maria Clara e ela esperaria o marido no dia seguinte.

Rolaram a noite toda, procurando a proteção impossível de ser contida pelos laços de carne de cada um: não se disseram, mas sabiam que eram inúteis um ao outro, e que apenas gozavam — que a carne era fácil de aplacar.

Não estranha quando acorda e desconhece o quarto. Sabe que ali, a seu lado, enroscada, está Dréia. Daqui a pouco, uma hora quem sabe?, ou menos, o marido dela chegará. Talvez a exija e ela corresponderá. Tem o pensamento idiota:

"Hoje à noite procurarei Maria Clara."

Sabe que o amor é acidente, insignificante ponto na trajetória de alguns equívocos.

"Pouco importa."

Se o marido de Dréia chegasse de repente e o encontrasse ali, ele nem se desculparia. Há insensibilidade dentro dele, e percebe que adquiriu estranhas, indesejadas possibilidades de luta e perseguição, ainda que a luta seja apenas para perseguir o nada.

"Gasto o tempo, à minha maneira."

Veste-se sem pressa, toma cuidados para não despertar Dréia. Quando vai saindo, ela o chama:

— Luís?

— Hein?

— Até o Rio!

— Até o Rio!

Haviam combinado um intrincado sistema de telefonemas, códigos e encontros. Obedeceriam à rotina de amantes a que se julgavam com direito:

— Me dá um beijo!

Ele volta ao leito e ela o enlaça. Pela camisola, vê o seio enorme e agressivo de Dréia, tem vontade de chupá-lo. Mas acabariam na cama e isso o retardará.

— No Rio, Dréia, no Rio!

— Não! Aqui!

Liberta-se com força e olha a mulher. Ela apanha o travesseiro com o qual ele dormira e o enfia entre as pernas. Vira de bruços e continua o sono.

Ele desce, não toma cautela para não ser visto. Em frente à casa, o automóvel está visível, testemunha e cúmplice.

Verifica, sem agrado, que na pressa de descer do carro, na véspera, deixara as portas abertas. Solta uma praga pela distração e vê o homem.

— Bom dia, doutor Luís. Está lembrado de mim?

Não é da cara que ele se recorda. É do tom com que é dito aquele "doutor Luís". Ali está, saído novamente dos infernos, o homem da estrada, sua quase-vítima.

— Lembro.

— Passei à noite por aqui, vi o carro abandonado e aberto, resolvi tomar conta, dormi por aqui mesmo.

Leva a mão ao bolso, à procura de algum dinheiro.

— Deixa isso para lá, doutor, não sou o que o senhor está pensando. Tomei conta do carro, só isso, não é para ser pago. Há coisas que não têm preço.

Olha a cara do homem. Tem cara de velhaco, mas não de chantagista.

"Qual será o preço que ele um dia pedirá?"

Acaba falando outra coisa:

— Obrigado. Está bem, até outro dia.

— Isso mesmo, doutor, até outro dia.

Arranca com raiva, toma a estrada de volta. Mais um pouco e passa ao largo de sua casa. Lembra por acaso a expressão de Maria Clara: "A Moby Dick de Cabo Frio." Parece uma estranha baleia-branca pousada no terreno gramado.

Não há indecisão quando se aproxima: pisa mais forte no acelerador e o carro passa velozmente pelos seus domínios.

Para as bandas de Búzios, as nuvens ameaçam temporal. A mudança de estação ali está, naquelas nuvens inchadas, pejadas de chuva.

"É o fim das areias!"

Sim, é o fim da areia soprada, do sal que se espalha pelos descampados, com germes de destruição e dor.

A casa teria, agora, um ano de trégua. O mundo em torno se comportaria em seus limites, areia na praia, sal nas águas, os ventos acorrentados em seus celeiros o verão chegaria, com o sol generoso, as manhãs berrantes de azul, as noites calorentas.

À perspectiva do verão, sente-se recompensado e alegre, certo de que cumprira a sua missão. Deixava para trás a casa, Dréia. Dentro de Dréia, ficara um pouco de si mesmo, de seu suor que secava no corpo dela. Dentro da casa, ficara um pouco de cinza, contida em estreito limite de ladrilhos cor de fogo.

Está livre — e o carro acompanha sua liberdade, a máquina desenvolve bem, antes do meio-dia estará no Rio, poderá dizer a Maria Clara: "A casa não tem um grão de areia!"

E será verdade, embora só ele saiba que não é uma verdade completa.

Os ventos

13

"Deveria ter feito a garagem maior."

Procura encostar a caminhonete nova em que chegava do Rio. Mas a velha Mercedes está mal colocada, se Maria Clara a tivesse deixado para o canto, os dois carros dariam com folga.

No fundo, imprevidência deles. Já no primeiro ano compraram a baleeira e foi preciso apelar para os travessões elevados que a guardassem acima do carro. Agora, a velha Mercedes chega ao fim, os maus-tratos e o abuso de mar e de sal haviam tornado imprestável o grande carro que os acompanhava havia tanto tempo. Comprara a caminhonete e viera pela estrada, estranhava as curvas, desconhecia a paisagem, receando que alguma coisa pudesse acontecer.

Desde a morte do velho Viana que alguma coisa estava para acontecer. E teria de acontecer agora: na véspera, Maria Clara telefonara pedindo que a viesse buscar. Ele alegou afazeres, não podia perder o dia de trabalho, tinha compromissos.

— Quero voltar já!

— Mas por que não desce com a Mercedes?

— Enguiçou. Não há jeito de pegar, só mesmo com você aqui, para providenciar mecânica ou reboque. Venha com a caminhonete, amanhã sem falta, senão...

— Senão o quê?

— Arrebento os miolos!

Sabe que Maria Clara jamais arrebentará os miolos. Deveria ser nervoso, esgotamento de noites maldormidas ao lado do pai, e a emoção da morte, do enterro, o início doloroso do inventário, a gula dos irmãos, ela não suportara o Rio, uma tarde ele chegara em casa e não a encontrara. Os rapazes ali estavam, com a morte do avô tiveram uma semana de folga no internato.

— Onde está sua mãe?

— Ela pegou a Mercedes e foi embora. Disse que ia para Cabo Frio.

Pelo telefone, ele quis saber o que se passara.

— Nada, Luís, estou muito cansada, muito nervosa, tive uma discussão lá em casa, mamãe quer retardar a abertura do inventário para beneficiar os outros, todos nos querem prejudicar.

— Mas eu não ligo para isso! Podem ficar com tudo, não queremos nada.

— Sei, sei que você é perfeito, mas me amolei assim mesmo, vim para cá, estou bem, me deixe sozinha uns dias, tenho no que pensar.

— Mas...

— Güenta firme!

Ele não insistira. Em tantos anos de casados, fora a primeira vez que Maria Clara fugira. Tinha razões, evidentes por sinal, os médicos que atendiam ao pai chamavam a atenção para a prostração da filha. De todas as lágrimas vertidas no enterro daquele homem rico, as únicas sinceras seriam as dela. Além do mais, a briga inicial pelos despojos, a carniça tentadora espevitando os apetites das noras e do outro genro, a inarredável queixa: "Luís foi um espinho no coração do velho, não merece nada!"

Fora o único a não visitá-lo. O velho estrebuchou três dias e três noites, e ele só aparecera quando soube que tudo terminara. Mesmo assim, não fora ver o velho. Fora apenas apanhar Maria Clara — que se consumira noites e dias ali, na cabeceira do pai.

Evitara o transtorno o quanto pudera. Mas agora o transtorno invadia seu lar: Maria Clara partia, sem explicações, sozinha, isolada de todos, não o queria sequer a seu lado, ainda que para simples companhia, silenciosa, serviçal.

Até que veio o telefonema, súbito como a partida, "venha me buscar senão arrebento os miolos", e ele abandona os compromissos, mete-se na caminhonete nova que comprara pouco tempo antes, para fazer exatamente o serviço de Cabo Frio, e ali está, procurando encostá-la ao lado da pesada Mercedes que entope a garagem inteira, inchada em sua ociosidade.

Tenta a manobra pela traseira e quando espia pelo retrovisor vê na estrada, junto ao portão do jardim, o vulto de um homem que parece esperar por ele. Fixa melhor a vista e vê que é o mesmo homem da estrada, sua quase-vítima.

A presença do estranho o incomoda. Deixa a caminhonete fora da garagem, salta e dá a volta pela frente, a fim de evitar conversa. Mas o homem resolve chamá-lo:

— Doutor Luís! Doutor Luís!

De longe, e sem esconder a má vontade, ele pergunta o que o sujeito deseja.

— O carro está enguiçado?

O homem aponta a Mercedes, cuja traseira é vista do lado de fora.

— Estou chegando agora, mais tarde conversamos.

— Não, doutor Luís, é coisa rápida, é que quase fui atropelado novamente.

— E daí? Não fui eu desta vez.

— Foi sua mulher.

— Minha mulher?

— Sim, acho que era ela. Saiu nessa mesma Mercedes em que o senhor quase me matou. Na curva ali da praia, eu vinha pela beira da estrada, ela entrou com muita velocidade na curva, as rodas de trás derraparam e a carroceria passou de raspão, fui jogado para fora da estrada, mas não me machuquei.

— Tem certeza de que foi mesmo a minha mulher?

— Tenho.

Chega-se ao portão e examina o homem. São dois olhos astutos e cansados, ar de velhaco sem dúvida, mas não há chantagem, nem mesmo quando faz a pergunta que equivale a uma oferta:

— Precisa de alguma coisa?

— Não, doutor, não preciso de nada, estou falando por falar, para prevenir. Soube que a Mercedes está enguiçada, vi quando o Oldsmobile verde empurrou o carro de sua senhora até aqui.

— É só isso?

— Só, doutor, e não me queira mal.

— Fique descansado.

— Estou descansado.

O homem dá-lhe as costas e busca a estrada. Coincidência ou predestinação, tão logo atinge o asfalto, quase é atropelado pelo caminhão que vem da cidade, em direção ao Rio. E ele descobre que, por um momento, desejou a morte daquele estranho que brotava do chão, inapelável, para anunciar ou trazer aborrecimentos e dúvidas.

Quando se vira e procura a casa, vê que Maria Clara, do janelão de cima, tinha visto e ouvido tudo. Ele abana os braços, num gesto que significa "não tem importância", e trata de subir, saber o que que há.

Maria Clara tem ar cansado e tolo, parece não estar sentindo nada.

— Você abusou dos tranqüilizantes?

— Eu?

Ela vai à mesa junto ao leito e atira em cima da cama o vidro que trouxera do Rio. Fechado ainda.

— Não apelei para a ignorância. Não sou covarde, Luís, fugi de tudo, mas não por covardia. É que eu queria pensar em muitas coisas.

— Pensar em quê? Seu pai morreu, é certo, mas você fez o que foi possível. Não precisamos do dinheiro deles, temos o nosso, é pouco, mas dá para nós e para nossos filhos.

— Mas precisava pensar justamente sobre nós, Luís.

— Nós?

— Nós. Eu e você.

A frase tem crueldade.

— Pensar em quê?

— Que você tem amante, aqui em Cabo Frio, que deitou com ela aqui nesta casa, nesta cama!

Não há tremor na voz dele quando revida:

— Não. Não é verdade. Ela nunca deitou aqui!

Olham-se com raiva e ele percebe que confirmara a parte essencial da acusação.

— Como é que você soube?

— Isso é comigo!

— Pagou alguém?

— Não é da sua conta! Mas olha, quase atropelei aquele homem na estrada.

— Deu-lhe dinheiro?

— Não ia me rebaixar a tanto. Ele falou o que quis, tal como fez agorinha mesmo, lá embaixo, com você.

— A mim ele não disse nada. Apenas que você quase o atropelou, o que você acaba de confirmar. Disse também que a Mercedes foi rebocada, você me chamou aqui para providenciar conserto para o carro.

— Ótimo. Assim você fica sabendo que a Mercedes está enguiçada. Empreste-me a caminhonete que eu desço agora mesmo para o Rio. Não suporto mais esta casa. Não quero mais saber deste lugar. — E depois, procurando retomar uma voz suave, com um pouco de ternura: — Acabamos, Luís!

Ele está atordoado para responder que não é verdade, que não acabaram, sabe que não é hora de discutir, o melhor é deixá-la partir, mais tarde, no Rio, conversariam melhor e mais fundamente.

— Está bem — e nota que ela se surpreende de ter ele aceito suas condições —, tome as chaves, há gasolina para chegar em casa, eu fico com a Mercedes, vai ver que o carro não tem nada, você o maltrata demais, mas não é hora de discutirmos isso e por isso.

Ela apanha as chaves que ele joga em cima da cama. Vai descer as escadas e olha para trás. O olhar não atinge nem o leito nem o marido. Bate, sem querer talvez, na porta do banheiro. Parece que vai dizer alguma coisa breve ou definitiva, como um "adeus, Luís", ou outra frase banal e de circunstância, como "feche a porta do banheiro por mim", desce as escadas de cabeça baixa, os cabelos batendo com raiva em sua nuca.

Ele chega à janela a tempo de ver Maria Clara fazer a manobra com a caminhonete. Logo o carro empina na pequena subida que atinge a estrada, buzina com estridência desnecessária, só para fazer barulho. Vira em direção ao mar. O carro desaparece e ele volta à casa e ao silêncio. Tem urgência em regressar ao Rio, precisa saber o que há com a Mercedes, mas trava o passo: a porta do banheiro está aberta.

Espia: os ladrilhos estão molhados, como se um animal ali houvesse se esponjado. E, pendurado no registro do chuveiro, o maiô azul. Não precisa apalpá-lo para sabê-lo úmido, salgado.

14

O carro não tem nada. Ele fizera um exame superficial, abrira o capô, testara o arranque, a gasolina, as velas, tudo em ordem, mas o carro não pegava. Foi ao platinado, encontrou as duas palhetas enferrujadas e presas.

"Esse ar salgado estraga tudo!"

Sobe, procura entre os guardados de Maria Clara a lixa de unhas. Consegue remover a ferrugem que prende as duas partes, faz a regulagem de emergência, injeta bastante gasolina e tenta o arranque. O carro range, a bateria está fraca, na quarta tentativa consegue pegar. A Mercedes treme, do cano de descarga escapa a fumaça pesada, escura, o cheiro de óleo queimado.

"Não era nada."

Apesar de saber que não era nada, desiste de descer ao Rio com o carro.

"Vou ao posto, lá fazem revisão melhor, se tudo estiver bem, desço com o carro, do contrário arranjo um táxi."

Alcança a subida que leva à estrada e nem se dá ao trabalho de descer e fechar o portão da cerca. Há desânimo, agora, por todo o rito antigo, pela segurança inutilmente perseguida. A atenção está concentrada no carro, abençoa o pequenino problema mecânico que o distrai e não lhe dá tempo a que pense na situação em conjunto, nas últimas coisas que acabaram de acontecer, nas coisas que muito em breve teriam de acontecer.

Atinge a casa do Gomes e dobra à esquerda, até avistar as cores berrantes do posto. Nem parara o carro e já o mecânico está ao lado, submisso, certo de serviço:

— Que que houve, doutor, algum problema?

— Como é que sabe?

O mecânico não se desconcerta com a pergunta mal-humorada.

— É que ontem vi o carro passar rebocado.

— Foi o platinado. Mas já consegui quebrar o galho.

— Quer que eu dê uma espiada?

Tem um momento de indecisão. Todo mundo soubera que seu carro enguiçara e fora rebocado. Viera ao posto para uma verificação menos superficial, e agora sente vontade de recusar o mecânico, encher o tanque e tentar a estrada, voltar ao Rio logo.

— Acho que não precisa. Era só o platinado, mas já arrumei a coisa. Quero apenas gasolina.

— O senhor examinou o distribuidor?

— Não.

— É bom dar uma olhada, o senhor pode ficar na estrada e mecânico só vai encontrar quando chegar perto de Niterói.

Desanima de lutar contra o carro:

— Está bem, dê uma espiada nesta droga, eu vou tomar um café.

Na rua fronteira ao posto há o café. Mas ele não se dirige para lá. Atravessa a rua e mais outra, até desembocar no largo que arremata a parte mais alta da cidade. Dali consegue enxergar o telhado de uma casa lá embaixo.

"Dréia!"

O telhado é silencioso, neutro. Dréia não virá tão cedo a Cabo Frio, viajou com o marido, tentando recuperar a inocência perdida na Europa, ela comunicara a viagem quase às vésperas: "Olha, meu marido quer que eu vá à Europa com ele, não posso recusar."

— E quem está pedindo para você recusar?

— Não precisa se ofender. Só estou avisando.

Na semana seguinte partira em busca do roteiro romântico que os novos-ricos e os velhos insatisfeitos sempre seguem.

Ele tentara retê-la para mais uma noite em Cabo Frio, regressariam no dia seguinte.

— Não, não é direito.

— Não é direito o quê? Trair seu marido?

— Não é bem isso. Não tenho mais vontade de trair o Mesquita. Ele foi tão bom para mim, tão compreensivo. — E abaixando a cabeça, como se tivesse vergonha: — Sabe, ele me ama realmente, no duro.

— Vai ver que você está apaixonada por ele.

— Eu? Não seja bobo! Não me apaixono por mais ninguém. Você foi o último, pode ficar com essa glória, foi o último!

E bastou essa frase, "você foi o último", e as escamas do amor caíram de seus olhos e viu claro: Dréia não o amara, Dréia tivera vários, infinitos amantes, tivera e teria, a viagem à Europa abriria uma trégua, mesmo assim era uma trégua dissoluta: sabendo que em viagem não teria oportunidades de se livrar do marido para arranjar amantes, o remédio seria tornar-se amante do marido.

— Dréia, cometi um erro com você.

— Me amou?

— Não, não é bem isso. Amei sim, mas isso não chegou a ser um erro.

— Amou nada, Luís. Você é um apaixonado de sua mulher. Olha, eu lhe faço um favor indo embora, sem exigências, sem complicações, sem cenas. Mais tarde você me agradecerá.

— Já estou agradecido. Mas cometi um erro, apesar de tudo.

— Não exagera! Tivemos o nosso prêmio, fomos felizes, não esquecerei as nossas noites de Cabo Frio, mas tudo tem um fim e tudo tem um começo, eu encerro uma coisa e inicio outra. Apenas isso. É da vida.

— Sim. Tem razão. Estamos sempre encerrando uma fase e iniciando outra. Apesar disso, há uma continuidade em nossas vidas, uma espécie de memória física que nos dá sentido, confere?

— Você é brilhante como amante, não precisa ser brilhante como filósofo. — E para sempre: — Adeus, Luís. Não sei quando volto, nem se volto, mas se voltar, ou quando voltar, espere que eu o procure primeiro. Não tome a iniciativa, só eu mesma saberei em que condições voltarei. Talvez não o queira ver. Mas talvez venha louca para recomeçar. É o único favor que lhe peço. É o meu preço, se é que as coisas têm um preço.

— Pode ir tranqüila. Não a procurarei. E olhe, você disse uma coisa certa: amo Maria Clara. Acabei de compreender isso agora.

— Comparando-a comigo?

— Não: essa memória física de que falei há pouco. Maria Clara talvez seja essa memória.

O diálogo veio todo, como se tivesse sido pronunciado naquele instante. O sol bate sobre o telhado solitário da casa de Dréia, e ele ouve o homem do posto chamá-lo. Faz o gesto de que já vai, procura concentrar-se uma última vez naquele telhado. Sob aquele teto amara Dréia. Sob aquele teto se despediram — lá no Rio as possibilidades seriam poucas, Dréia alegava ser controlada, e talvez o fosse, mas não pelo marido, pelos outros amantes na certa, agora que tudo se acabara, ele tem certeza de que ela pertencera ou pertencia a muitos, a tentativa de se recompor com o marido provinha do fastio, ou de uma repentina nostalgia da virtude que a assaltava, agora que ela iniciava os 30 anos e temia estar velha demais.

Dos lados do mar, as nuvens correm apressadas. Sabe pelos pescadores que aquilo é sinal de ventania. É a temporada dos ventos que chega. A casa está protegida, não terá nada a temer dos ventos, como no ano passado, quando o sal penetrara por todos os cantos.

Que cheguem os ventos — ele agora aprendera a defender-se, e justo agora, que conhece os mistérios da defesa, que erguera suas fortalezas, o rombo surge do lado inesperado e fatal, do único lado que de fato importava e doía: "Acabamos, Luís!"

— O carro precisa ficar uns dias, doutor, além do platinado, há o distribuidor, os cabos da bobina para trocar, a bateria está fraca, e olha, creio que o motor quase foi embora desta vez. Com calma, e com alguma despesa, posso botar o carro em condições.

— Não é preciso, já comprei outro carro, tenho uma caminhonete, vou ao Rio e passo adiante esta bomba.

— Bomba nada, doutor, é uma Mercedes. Pena que foi estragada por aí. Tinha areia até no carburador, sal até em cima do bloco.

Passa o dedo lá embaixo e retira a película transparente.

— Está vendo? Com mais cuidado este carro durava toda a vida. Foi feito para isso.

— Já decidi. Vou vendê-lo. O que preciso, agora, é chegar ao Rio.

— Para uma viagem só, ele agüenta, assim como está. Já regulei a máquina para o senhor não ficar na estrada. E olhe, se o senhor quiser, nós podíamos fazer negócio.

— Tem comprador para o carro?

— O Gomes.

— O Gomes?

— É. O Gomes. Ele me disse, ainda ontem, que se o senhor aparecesse pelo posto e quisesse vender o carro, que o consultasse, tem freguês para a Mercedes.

— Mas como souberam que eu desejava vender o carro?

— Lugar pequeno, doutor, todo mundo viu o automóvel ser rebocado.

— Você conhecia o carro que rebocou o meu?

— Não, doutor, não conhecia, era chapa do Rio, gente de fora, nunca vi por aqui. Provavelmente estava de passagem, deu socorro porque não tinha pressa.

Paga o mecânico e experimenta o carro. Pelo ruído do motor percebe que o serviço, embora de emergência, fora bem-feito. Tem máquina para chegar ao Rio sem susto.

Arranca com força e logo adiante freia.

— O Gomes está?

O empregado vai buscar o dono lá nos fundos.

— Pronto, doutor, não quer entrar?

— A bateria está fraca, não vou desligar a máquina. O homem do posto disse que você queria comprar a Mercedes.

— Bom, doutor, quer dizer, não sou eu, mas tenho freguês para ela, um sujeito que é louco por Mercedes, anda procurando uma, ontem viu o carro ser rebocado, imaginou enguiço sério, me fez a proposta.

— Mas todo mundo viu meu carro ser rebocado?

— É assim mesmo, doutor, todo mundo viu, e o homem me disse: "Olhe, Gomes, o dono não vai querer mais esse carro, está muito estragado, mas com paciência e algum capital, eu boto aquilo um brinco, se ele quiser vender, faça uma oferta por mim."

— Quem era o homem?

— Gente de fora, doutor, vem aqui raramente, e sempre de passagem, não tem casa aqui.

— E tem carro?

A cara do Gomes se surpreende com a pergunta. A serenidade com que costuma levar o adversário para onde quer estanca de repente, a pergunta é embaraçosa, não a esperava, pela primeira vez está confuso:

— Não sei, doutor, honestamente, não sei.

— Não teria um Oldsmobile?

— Oldsmobile? Não sei, doutor, só conheço o homem, nunca o vi de carro.

Tem vontade de dizer um palavrão, mas se controla.

— Pois diga a quem interessar possa: não venderei o carro, nem venderei a casa.

— A casa?

— É. A casa.

15

Vai pela estrada sem pressa, e quando se aproxima de sua casa, vê, ao longe, a silhueta de um homem.

"É ele!"

Acelera forte. O homem está de costas, caminha lentamente pela beira da estrada.

"Posso matá-lo. Ninguém saberá de nada, a estrada está deserta!"

O carro corresponde e ganha velocidade. O velocímetro cresce, atinge os cem, ultrapassa a marca.

"Estou a 120. Como Pepino!"

A silhueta cresce também e ele joga a direção para o lado. O homem dá o salto e se atira para a beira. A Mercedes raspa na areia e retoma a estrada. Pelo espelho retrovisor vê o homem levantar-se, não o pegou.

É um crioulo.

"Não era ele!"

Vê o crioulo esbravejar, espantado, sem compreender a manobra que quase o matara.

Passa agora pelos seus domínios. A casa está fechada, à espera de que os ventos comecem a soprar, ventos que soprarão semanas e semanas, levantando areia e sal. Tem vontade de ir lá dentro, espiar mais uma vez aquilo tudo, ver o banheiro molhado, o maiô de Maria Clara secando no registro do chuveiro.

Maria Clara deixara rastros. Não tivera o cuidado de inutilizar suas pegadas, queimar sua bolinha de papel. E ao pensar na bolinha de papel se surpreende de não ter desconfiado.

"Vai ver que ela descobriu aquilo na lareira e leu o que foi possível, deu para ficar sabendo."

Deixara pedaços imunes ao fogo, talvez Maria Clara tivesse decifrado o desaforo. Pára o carro e vai se certificar. Insensivelmente, toma o caminho dos quartos, mas estanca na entrada: não quer ver o banheiro, os ladrilhos molhados, o maiô pendurado. Que ela mesma venha outro dia, retire o maiô dali, apague seus traços.

Vai à lareira — a inútil goela. Fora exigência dela, ele bem que argumentara contra, "jamais acenderemos esta lareira". Verdade, só servira para acumular pó e sal. E o pouco de cinza que ainda resta de sua bolinha de papel. No canto, protegido pelas precauções de um ano atrás, encontra o pedaço maior, trechos inteiros de sua confissão.

Ninguém mexera ali. Ela soubera de Dréia por outras fontes, o homem da estrada insinuara, ele mesmo acabara confirmando, na pressa em afastar a suspeita de ter deitado com outra mulher naquele mesmo quarto, naquela mesma cama.

"Vou acabar de destruir isso!"

Apanha o pedaço de papel, há um objeto em cima dele. Inclina a cabeça para ver o que é. Uma ponta de cigarro. Apanha as duas coisas. Abre a bolinha de papel, a letra está irreconhecível, há palavras esparsas, nem mesmo ele consegue decifrar uma só frase.

Depois, examina o cigarro. Marca americana.

"Quem fumou este cigarro?"

Procura recordar o verão passado, talvez algum amigo dos rapazes fumasse cigarro americano. Não, ninguém fumava cigarro estrangeiro, nem aquele rapaz que mora no Sul, tinha manias espalhafatosas, fizera-se amigo dos rapazes, passara duas semanas ali, mas esse parece que nem sequer fumava.

Sente-se sórdido remexendo em cinzas.

"Bom, acabou. Ou melhor — como disse Maria Clara — 'acabamos'. O plural sempre foi nossa mania, nosso código preferencial. Talvez nossa desgraça. Fomos muito iguais, à maneira de cada um."

Fecha novamente a casa e já nem tem o antigo cuidado de verificar se as precauções contra os ventos estão em ordem.

"Que os ventos se fartem."

E, de repente, enfrenta sem serenidade e sem dor a realidade: está de joelhos, rastejando no chão de areia, ali, em frente à casa. Mete as mãos pelo chão, anda de quatro, animal vencido, dobrado sobre si mesmo, pudesse, usaria o próprio rosto, os próprios dentes para ajudar as mãos a procurar melhor, e com maior intensidade.

Remove a areia, espalha as pedras que ali se depositaram, arranca a grama que teima em nascer no terreno arenoso e seco.

Sabe que ela está ali. Faz ano e meio — é certo — que jogara aquilo fora. Ele deveria estar na sala, ou talvez no meio da escada, quem sabe no próprio quarto de dormir, em frente ao janelão. Não usara de muita força — isso lembra bem —, a suficiente apenas para que aquele objeto vencesse os limites do jardim e da cerca. Lembra que esperava ouvir o ruído, a coisa bater em algum canto. Se tivesse batido nos paus da cerca, ou nos caminhos cimentados do jardim, teria ouvido o barulho — e de há muito aquele objeto estaria definitivamente perdido, varrido pelas sucessivas limpezas, pelos passos que ali se cruzaram.

Não ouvira ruído algum, sinal de que a coisa se depositara mansamente em algum trecho de areia, ou — se ele tivesse usado de mais força — nas moitas de capim que ladeiam o pequeno atalho que liga o jardim à estrada de asfalto.

Os ventos, ou os passos de infinitos passantes, já removeram a areia. O objeto, se ainda está ali, deve estar encravado, plantado no fundo, estéril semente. Por isso as mãos se escalavram — medo e histeria — mas sem raiva ainda.

Levanta, olha o janelão, tenta recordar-se do peso, da força que deveria ter feito, traça no espaço a possível trajetória.

"É por aqui mesmo!"

E cai, mais uma vez, de rastros, as mãos penetram no fundo da areia, impossível achar o que procura, mas precisa pesquisar a certeza — ou a dúvida —, pelo insignificante poderá chegar ao significante, à verdade, a parte mais importante da verdade.

"Se for o que estou pensando, é sinal de que ela me antecedeu. Antes de Dréia, antes de ela saber, antes mesmo de o pai morrer. Isso muda não o fato, mas o significado do fato. Quem procurou, inconscientemente, a desforra, fui eu."

E cava, com desespero. Os carros passam pela estrada e não diminuem a velocidade. Mesmo se o vissem naquele estado — um bicho —, fuçando o esterco, pouco importaria. Está resolvendo um assunto muito pessoal, muito secreto para se dar ao luxo da vergonha alheia. Pois a vergonha não está ali, no homem de rastros, no bicho que revolve a areia. A vergonha — a possível vergonha — está dentro da areia, guardada dos ventos, do sal. Conseguira manter a vergonha oculta, mas agora de nada adianta o esconderijo, a proteção do chão, é preciso tirá-la dali, exibi-la a si mesmo.

De início, não parece ela. Os dedos alcançam a coisa sólida, pelo tato sente que o tempo corroera a carne de aço, há incrustações de ferrugem e limo. Com as duas mãos aumenta a pequena cratera aberta na areia úmida, ao fim da cerca e no início do capinzal que separa o jardim da estrada.

"Está aqui!"

Inteira, apesar do tempo. A parte de porcelana corroída pela ferrugem, a parte metálica transformada num bloco compacto cor de ferro-velho. Rola as duas mãos contra aquilo, libertando a areia que se grudara em alguns pontos. Procura identificar um nome ou número na parte de porcelana.

"Não se vê mais nada!"

Vai à garagem. Sabe que ali, em algum canto, existirão objetos iguais àquele, menos expostos ao tempo. Pela comparação, talvez consiga o vestígio que facilite a identificação.

Na velha lata de óleo encontra outra vela antiga. Aparentemente, são iguais, mas os números, a grossura da parte de rosca não coincidem. Além do mais, lembra que a vela jogada fora, fazia um ano e meio, era cor-de-rosa na parte superior, e fora esse detalhe — a cor — que chamara a atenção do mecânico.

"No posto saberão identificar."

Agora, que tem nas mãos a certeza, a prova material do que poderá ser a sua certeza, sente vergonha de voltar ao posto, perguntar que vela é aquela, para que tipo de carro serve.

"Amanhã, o Gomes saberá disso, todos saberão de tudo!"

Guarda a vela no bolso, e, agora sim, sente-se confiante outra vez, readquire a placidez, a normalidade, feita de ciência e coragem. Não acreditaria, ainda que o tivessem fotografado ou filmado naquela situação, que andara de rastros, cavando o chão, animal à cata de vermes para alimentar a fome, chacal à procura de cadáveres.

Tem no bolso o corroído cadáver de uma vela de automóvel, mas é como se não a tivesse achado, como se nem a tivesse jogado fora. Cometera um engano, ano e meio atrás, quando não guardara aquilo. Bem verdade que nada temia então, a vida se assentava, sólida e imune, em bases de confiança e apoio, tinha inúmeras, infinitas bordas onde segurar, para evitar as quedas, os tropeções. Não havia lugar para os receios, para a dúvida, a certeza era compacta, intransferível, funda. Ainda que desejasse, não poderia ter conservado aquela vela, não faria sentido nem memória conservar aquilo consigo, ele se apoiava solidamente em terreno assentado — areias firmes então.

As areias agora são movediças, tragam-no, as incertezas cercam-no de todos os lados, em todos os flancos.

"Deveria ter guardado isso. Para sempre, para mim. Ter à mão, ao alcance de meus dedos e de minhas cobiças, uma estreita coisa que me humilhasse e fortalecesse. Se os estreitos espaços bastam para a dor ou a glória, bastam também para o pânico e a culpa. Os detetives guardam fiapos de cabelo, fragmentos de unhas, cápsulas deflagradas."

Cápsula deflagrada.

Tira o objeto do bolso e olha mais uma vez. Parece, em sua parte inferior, uma cápsula estragada, cujo projétil — a parte de porcelana — não tivera ímpeto e autonomia para libertar-se.

"Está aqui!"

Aperta entre as mãos a pequenina coisa, renuncia a saber tudo, não perguntará mais nada. Tem, domesticada à sua gula, a real cronologia de seu assunto pessoal. "Antes de Dréia, já esta vela fora trocada no carro." Dito isto, em voz alta, num salão cheio de gente, todos julgariam que ele era louco. Não saberiam as estranhas, as imprevisíveis deduções que dali poderiam surgir, os significados que irrompiam bruscos, e alteravam fundamente a fisionomia das coisas, da casa, das areias.

"Eu sei. É o que importa. Só eu mesmo participo disso e aqui está a minha parte, entre meus dedos. Participo desta parte de mim mesmo."

E se entrega, sem repugnância, à satisfação sórdida: sabe.

"Se fizer um museu de minha vida, este projétil não detonado ficará no lugar de honra, sem nenhuma indicação por baixo. Só eu saberei seu sentido. Parecerá ridículo, mas de agora em diante, esta vela ficará em cima de minha mesa de trabalho, sempre à minha vista, ao meu alcance. Olharei para isto, com carinho, sem ira já. Aprenderei humildade e vida."

A BALA QUE MATOU NAPOLEÃO. Bom, Napoleão não foi morto por bala.

"Em Marengo ou em Ascoli uma bala ou um pedaço de granada poderiam ter matado Napoleão. Hoje, em algum museu, haveria o fragmento com a indicação: FRAGMENTO DA BALA QUE MATOU NAPOLEÃO. Mas se Napoleão tivesse morrido em Marengo ou em Ascoli não teria sido Napoleão. Quando muito, seria o general Bonaparte. Para ser Napoleão ele precisou de outras coisas, inclusive das derrotas, das traições, dos exílios. Não deixou fragmentos a morte de Napoleão. O próprio Napoleão tornou-se, pouco a pouco, comido pela úlcera e pelos inimigos, um fragmento de si mesmo."

Já na estrada, de volta ao Rio, desvia o carro e atinge a pequena casa onde há o letreiro com letras imprecisas: *Oficina-Borracheiro — Dia e Noite.*

O homem descabelado, sujo de graxa, vem atendê-lo.

— Furou pneu, chefe?

— Não, não é nada com os pneus. Sabe o que é isso?

O sujeito ri, encabulado.

— Uma vela, chefe. Só pode ser uma vela, é lógico.

O sujeito acabara de dizer a palavra que ele procurava: lógico.

— Pode saber de que tipo de carro?

O homem pega na vela, vira e revira de todos os lados, com a unha encardida procura limpar a parte superior livrando-a da ferrugem à cata de uma identificação.

— Pelo tamanho, chefe, deve ser vela de motor potente. De oito cilindros.

— Não seria de um Oldsmobile?

Espera que ele diga a palavra adequada: "Lógico." Mas o homem fica indeciso:

— Poder, pode ser, chefe. Tem muito Oldsmobile que usa isso. Mas qualquer outro carro grande, de oito cilindros, ou mesmo de seis, pode usar esta vela. — Coça a cabeça, embaraçado. — É difícil dizer o que o senhor quer. Poder ser, pode, mas pode ser até de caminhão.

— Pois fique descansado: é de um Oldsmobile.

O homem olha para ele, sem compreender.

— Você conhece a bala que matou Napoleão?

— Não, quer dizer, não sei...

— Pois aí está. Fique com ela. Esta bala matou Napoleão. Um dia, você a poderá vender para um museu.

16

Era uma vez um homem que amava uma mulher. Digamos que esse homem seja eu, e que essa mulher seja você, Maria Clara. Então a história passaria a ter um outro sentido. Seria assim:

Era uma vez um homem tranqüilo e obstinado que amava Maria Clara.

A história continua a não fazer sentido, ao menos para mim. Sinto que você está toda neste "Maria Clara"; nada precisa ser dito ou acrescentado para se penetrar em seu gosto, no gosto de suas pernas, na cor de seus cabelos, no som de sua voz. Tudo está aí: seus silêncios, suas entregas, suas fugas, seu corpo decomposto pelo sono ou pelo amor, sua silhueta sinuosa de réptil.

De minha parte, não me encontro nem me sinto neste "homem tranqüilo e obstinado". Fui tranqüilo até certo ponto, lembro o desespero com que cavei a areia procurando vestígios que afinal não serviram para a minha história, nem para a sua. A vela podia ser de muitos carros, de todos os carros — e aquele estilete de ferrugem e medo tornou-se inútil, sem complementos que o tornassem feroz em sua significação.

Isso, afinal, não importa. Importa é que não sou um homem tranqüilo. Fingi tranqüilidade, mantive esta máscara para a mim mesmo impressionar, e tornar mais fortes as minhas ambições: creia, são ambições de um homem intranqüilo.

Tampouco sou obstinado. Se fora realmente obstinado, não teria perdido as oportunidades de amar sempre. Deixei que o amor se consumisse — e foi preciso que acontecesse uma porção de coisas idiotas e desimportantes para descobrir que havia esbanjado o que de melhor tinha. Eu precisei de Dréia. Precisei cavar sordidamente a areia, à cata da certeza que já não mais me importava. Eis o meu verdadeiro retrato: um homem de rastros, à cata. De quê? De vestígios? De um passado? Ora, nenhum vestígio poderia reescrever o nosso passado.

Você precisou da morte de seu pai, precisou de suas fugas — e já nem tremo nem temo quando procuro imaginar — na verdade, já nem imagino — a densidade e o sabor de suas fugas.

Fugimos — o plural mais uma vez nos cabe — covardemente, na suposição de que a memória comum nos salvaria a qualquer instante, desde que apelássemos para ela. Mas essa memória comum nada ficou sendo diante de nossas respectivas autonomias, adquiridas ao longo de todos esses anos, quando subconscientemente nos preparávamos para um desastre — afinal, você herdou as cautelas e as superstições do pai, e eu não precisei herdar isso, estava no meu sangue, no meu suor, ESTE MEDO, esta inexorabilidade de enfrentar o medo, em luta desigual e perdida.

Mesmo porque não há pecados comuns. Pecado é canga individual, intransferível. Pecamos de formas opostas, e o pecado, embora sendo um só, não foi o mesmo pecado para cada um. Perdemos nossa inocência e é justo, é até necessário que paguemos o exato preço. No fundo, fomos e somos honestos.

Não chegamos a discutir o nosso caso. Limitamonos a duas ou três perguntas, nem sequer tivemos paciência ou curiosidade de esperar pelas respostas. Você soube gratuitamente que eu tinha amante. Tive outras, antes, mas você era senhora de suas fortalezas, de sua potência. Você nunca me fez perguntas — o seu silêncio era uma forma resignada de perguntar e perdoar.

Não cheguei, tampouco, a fazer perguntas. Elas não teriam sentido, embora tivessem respostas. O fato de fazê-las — ou de imaginá-las — valeria pela resposta que eu admitira ou temera.

Naquele dia, ao chegar em casa, encontrei tudo vazio. Você estava lá e nossos filhos haviam regressado ao internato pela manhã. Momentos antes, em Cabo Frio, trocáramos poucas palavras, ásperas é certo, mas não definitivas. Cheguei a nosso quarto e vi que seus ombros eram muito brancos quando saíam do vestido preto que você usava, desde que o seu pai morrera. Tive a impressão de que você mexia em papéis antigos, e procurei não dizer nada.

Foi você quem perguntou pelo carro:

— Não tinha nada. Eu mesmo dei jeito, desci com ele. Mas vou vendê-lo, acho que já deu o que tinha que dar, foi muito maltratado.

— Sim, acho que todos já demos o que tínhamos que dar. Chegou a hora, agora, das liquidações.

— Liquidar o quê?

— Nós mesmos.

— Escuta, Maria Clara, não estamos preparados para falar sobre isso. Hoje foi o dia das revelações, revelamos, praticamente, o óbvio, mas tivemos essa coragem, e isso basta. Provamos o nosso fruto do bem e do mal, temos direito a nos esconder, ainda que com folhas de parreira. Esperemos pelo chamado, pela prestação de contas, que virá, é lógico, e nem queremos nem podemos evitá-la. Enquanto isso, guardemos cada qual a nossa nudez. Ou mudez.

— Deixa de ser complicado. Acabou. Ou acabamos, como disse lá em Cabo Frio. E, além do mais, hoje não foi o dia das revelações. Use a coisa no singular. Eu tive a minha descoberta, você não teve nada. Você revelou-se um imundo, eu não revelei nada.

— Todo mundo sabe, lá em Cabo Frio, que você foi rebocada por um carro.

— E daí? Fiquei na estrada, o primeiro carro que me ofereceu socorro era muito baixo, os pára-choques não coincidiam, mais tarde passou um carro grande, o sujeito foi amável, trouxe-me até em casa, você não gostaria que eu dormisse na estrada. Nem eu.

— Mas esse mesmo automóvel, ano e meio atrás, cedeu uma vela sobressalente ao nosso carro. Não é coincidência demais?

Não foi astúcia sua, mas não pude lhe ver o rosto. Você estava de costas e é possível que nada em sua fisionomia revelasse culpa ou surpresa.

Ouvi sua resposta, dura, soprada com raiva:

— Não seja infame! Saiba perder!

— Bom, não serei infame. Fiquemos em poucas palavras. Elas bastam e dão a base para aquilo que devemos fazer agora.

— Sim, Luís, não temos nada a dizer. Basta o que teremos de fazer. Vai ser muito doloroso, muito cruento... ao menos para mim. Creia, eu não estou preparada para isso. Não chego a estar sofrendo... e acredito que você também não esteja. Mas estamos atordoados, confusos. Você tem razão. Precisamos de trégua para nos recompor, para nos reencontrarmos. De qualquer forma, a expulsão é certa. Fomos expulsos não do paraíso... que não chegou a haver nenhum paraíso entre nós. Gastamos o paraíso... e eu penso exatamente como você, quase com as mesmas palavras, afinal, nós nos amamos o bastante para criarmos um gosto e um vocabulário comum para as necessidades comuns. Concorda?

— Sim.

— Então deixa-me só. Preciso arrumar minhas coisas.

— Mas você não vai fazer nada realmente importante, vai?

— Que que você chama de "realmente importante" depois disso tudo?

Dei de ombros:

— Sei lá. Quis dizer, ou melhor, quis saber se você não pretende sair desta casa.

— Não. Não tenha medo. Não sairei assim. Não estou preparada para isso.

— Mas eu não quero que você saia. A casa...

— Já sei, vai dizer que a casa é nossa. Olha, Luís, quando papai morreu eu percebi que você foi ridículo esse tempo todo. Quanto mais você procurava se afirmar, quanto mais você se esforçava para vencer, e vencia, mais você se perdia, tornava-se grotesco. Sou hoje uma mulher independente, não ficarei preocupada com aquilo que você chama de nossa casa, nossos bens. O que tínhamos em comum, e que valia verdadeiramente muita coisa, o amor, isso sim, acabou, daí eu ter dito: acabamos. Mas o resto, Luís, não está acabado nem acabando, porque nem mesmo começou. A rigor, você não deu nem para a saída. — Você parou e me olhou penalizada. — Meu pobre e orgulhoso Luís! Foi pena não darmos certo!

Abaixei a cabeça e admiti:

— Sim. Mas não foi você quem não deu certo. Gostaria de pedir perdão por não ter sabido encontrar o que era certo. Mas seria insincero se pedisse perdão. Não estou arrependido, Maria Clara, de tudo o que fiz e como fiz. Fui orgulhoso, fui vaidoso, e para afagar meu orgulho e vaidade, fui mesquinho e cruel para com você. Não foi isso, porém, que atrapalhou nossa vida. Por mais que eu tenha errado, por mais profundo e irreparável que tenha sido o meu erro, sempre seria tempo de remendar o casco e salvar o navio. Naufragamos, sim, mas em outras águas.

E quando falei em águas, fizemos um silêncio comovido e inesperado. Perguntei:

— Você não irá mais a Cabo Frio?

— Não. Minha vontade é não ir mais lá.

— E os rapazes?

— Que que os rapazes têm com o nosso caso? Eles estão bem agora, papai deixou títulos e ações para eles, já são quase homens, não terão problemas.

— Você ficou parecida com o seu pai.

— Vi papai morrer. Ele morreu em meus braços, Luís. E nessa noite, você nem estava ao meu lado. Saiba, tive vontade de beijar um homem nessa noite. Havia um médico, que se revezava com o outro, à cabeceira de papai. Um rapaz ainda. Pois ele me cantou, Luís, cantou-me durante dias e dias. Jantei com ele algumas vezes, e nessa noite, quando papai já havia morrido, estava na varanda, chorando, quando ele veio e me beijou. Repeli o beijo, Luís, mas precisava dele. Fui beijada por um estranho, eu precisava daquele beijo, ansiava por ele, ainda que ignorasse, àquela hora, que você talvez estivesse com sua amante. Eu devia suspeitar.

— Ouça, Maria Clara, vamos parar com isso. Numa coisa estou de acordo com você. Qualquer que tenha sido a nossa falta, ou qualquer que seja a nossa capacidade de perdão ou de vingança, poupemo-nos o mais que pudermos. Chega de revelações. Não exijo confissões nem reparações. Atingimos o nosso ponto mais alto agora, apesar do fosso que se abriu entre nós. Por mais que nos esforcemos em continuar, só teremos agora que enfrentar o declínio. Quero ser prático, apenas: perguntei por Cabo Frio por causa dos rapazes, o verão está próximo, eles esperam passar as férias lá.

— Pois que passem. A casa é deles.

— Mas eles gostarão de estar completos. Não fará sentido mandá-los para lá, aquilo para eles não é uma casa qualquer, um elefante branco plantado na areia. É um lar, onde se abastecem, onde se guardam. Acredito que eles poderiam ignorar, por ora, o que está se passando.

Você abaixou a cabeça e pareceu hesitar. Quando virou o rosto, por um instante pensei que fosse beijá-la, tão inocente e antiga — ANTIGA — você me surgiu.

— Sim, Luís. Está certo. Esperemos este fim de ano, quando chegarem as férias iremos para Cabo Frio, tal como antigamente, como se nada houvesse acontecido, eles não saberão de nada. Depois, quando regressarem ao colégio, terão o ano inteiro para se habituarem à nova situação, para se acostumarem à idéia de que acabamos. Então, sim, poderemos ir até o fim, cada qual para o seu lado.

Apanhei a sua aprovação no ar, como um afogado:

— Sim, depois. Cada qual para o seu lado.

E não houve — nem naquele instante nem agora, que estamos em véspera de ir para Cabo Frio, gozar essas férias que formam a nossa trégua e o nosso colosso — nenhuma velhacaria de minha parte. Nem da sua. Estávamos muito magoados para velhacarmos. Queríamos, realmente, a separação. Havíamos atingido o ponto mais alto e seria humilhante e doloroso declinarmos juntos, depois de nossas glórias. Talvez chegássemos a nos odiar, ante a comum decadência.

Que nossas carnes e memórias fossem gradativamente insensibilizadas pela inexorabilidade do fim. Não romperíamos nossos laços ao cutelo, como os enforcados e os náufragos que se debatem contra a morte certa. Lentamente nos consumiríamos, dia a dia, gozando as últimas claridades de nossa tarde, prolongando-a em nós mesmos, sem escamoteações, sem truques. E quando a noite intransferível e próxima chegasse, teríamos a certeza de que esgotáramos nosso prazo. E que até o último instante encontráramos força e dignidade para amar, embora não mais merecêssemos o amor.

17

"Os ventos — dessa vez — nada puderam contra a casa."

Chegam todos juntos, e num gesto mecânico, ele adianta-se para abrir a porta principal. Recebe o cheiro abafado da casa, mas o brilho do assoalho, a nitidez das cores nos tapetes e cortinas, dá-lhe a certeza: o sal não penetrara ali.

Mais atrás, Maria Clara faz a pergunta, pelo hábito também, não pelo interesse:

— Tudo bem?

— Tudo. Ao menos à primeira vista.

Os rapazes vão abrindo as janelas. Volta à caminhonete para apanhar as malas. Maria Clara vai aos quartos.

Ele sobe com as malas quando ela vem do banheiro:

— Deixaram o banheiro molhado. Foi você?

— Eu?!

— Você foi o último a sair da casa. Tomou banho, alagou tudo, e agora os ladrilhos estão sujos, junto à banheira a água empoçou e enferrujou os cromados.

Ele não se dá ao trabalho de verificar:

— Não, Maria Clara, não fui eu o último a usar o banheiro.

Ela não o ouve. Está abrindo o janelão que dá para o mar. Com um movimento forte, separa as cortinas. O sol penetra pelo quarto, formando um triângulo iluminado no chão.

— É bom ir abrindo o quarto dos rapazes.

Ele sai pelo corredor, esbarra com Fernando, que vem arrastando a mala pesada:

— Já abriu seu quarto?

— Não. Estava lá embaixo. Tem goteira na garagem, a baleeira está cheia de água da chuva.

— Pode deixar. Venderemos a baleeira, para a semana teremos coisa melhor.

Entra no quarto dos rapazes. As duas camas estão encostadas — na última temporada eles haviam trazido Paulinho, um outro colega, do Sul, os três preferiram dormir juntos, que o quarto dos hóspedes ficara preparado para um casal que acabou não vindo.

— Posso separar as camas?

— Pode. Não convidamos ninguém para este verão.

Ele sabe que ninguém havia sido convidado, Maria Clara pedira aos rapazes que não levassem hóspede nenhum, ela queria estar só, os rapazes compreenderam — afinal, o avô tinha morrido havia pouco, natural que a mãe quisesse um pouco mais de solidão ou um pouco menos de trabalho.

Com o joelho, arrasta um dos leitos para a parede. Quando as duas camas se separam, cai ao chão um objeto. Ele se abaixa para ver.

— De quem é este maço de cigarros?

Fernando olha:

— Deve ser do Paulinho. Ele é quem fuma cigarros americanos.

Aperta entre as mãos o maço vazio. Um daqueles cigarros foi fumado lá embaixo, e jogado na lareira. Provavelmente à vista de todos, dele mesmo até. Um cigarro inocente.

"Eu é que não era mais inocente, quando achei aquele cigarro na lareira."

Abre as janelas e vê, em cima do telhado da varanda, outras pontas de cigarro iguais, Paulinho fumava à janela, e jogava as pontas em qualquer canto. Ele poderia ter se lembrado disso, mas preferira catar na lareira, não na memória.

"Bom, o cigarro está explicado. Mas há a vela, o banheiro molhado, o maiô pendurado no registro."

Vai ao banheiro ver se o maiô está no mesmo lugar. Maria Clara já o tinha tirado. Desce rapidamente e a encontra no quintal, colocando o maiô para apanhar sol.

Sérgio puxara a baleeira para fora, com um pequeno balde retira a água acumulada no fundo.

— Acho que o pai vai comprar uma lancha. Ele disse que a baleeira vai ser vendida e que vem coisa melhor por aí.

— Isso é com ele, meu filho, não sei de nada. Ele que compre a lancha, eu nem comprei um maiô novo para mim, olha só este fecho, já não se usa mais isso.

Sérgio está muito preocupado com o próprio trabalho, não se incomoda com o maiô da mãe, ela pode comprar os maiôs que quiser, inconscientemente, ele talvez não goste de ver a mãe de maiô, mas isso não o aflige, faz vida independente ali em Cabo Frio, tem a baleeira, os amigos, o internato fizera com que ele e Fernando se libertassem da intimidade do lar, gosta da segurança — isso sim — de saber que, a qualquer avaria, há o pai, a mãe, a casa, o conjunto de todas as garantias para protegê-lo.

— Mãe, a baleeira está ruim mesmo, a água apodreceu o fundo.

Maria Clara coloca o pregador para prender a alça do maiô na corda.

— Meu maiô também está no fim. A água do mar apodreceu as alças. Eu gostava dele. Vou ter de comprar outro. Mas talvez nem tenha vontade de ir à praia.

Ele está de costas e finge não ter ouvido a conversa entre a mulher e o filho. Ela passa por ele, entra pela cozinha, mas depois vem lá de dentro como se lembrasse de alguma coisa:

— Você não ficou de procurar aquela mulher do Gomes? Daqui a pouco os rapazes estarão com fome. Não trouxemos quase nada, ela tem de vir logo, para fazer o jantar.

— Sim, já vou. Estou vendo a casa primeiro, só encontrei areia ali nos fundos, mas sal não veio dessa vez. Aqueles homens fizeram um bom trabalho.

Quando pára a caminhonete junto à casa do Gomes, sente que alguém atravessa a rua, por trás do carro. Pelo espelho retrovisor julga ter visto o homem da estrada que quase atropelara, no verão passado. Salta, dá a volta pela traseira, procura na rua próxima, no bar que compõe a esquina. Tudo está deserto, não vê ninguém.

Entra na casa do Gomes de mansinho, como se não quisesse ser percebido. A casa está escura, vazia. Aproxima-se do balcão, onde Gomes tem a caixa registradora e um livro de apontamentos.

— Não me viu, doutor?

A voz vem do escuro e só então ele percebe que, atrás do balcão, Gomes armara uma espécie de espreguiçadeira. Está deitado, o ventre enorme sobressaindo da escura massa que parece abandonada em cima da cadeira.

— Você está brincando de esconder?

— Ora, doutor, quem sou eu para brincar? A vida não está para brincadeiras.

Concorda:

— É. A vida não está para brincadeiras.

Gomes levanta-se, pesadão, gemendo.

— Ando com umas dores, doutor, aqui do lado. Acho que é reumatismo, mas os médicos querem operar a vesícula.

— Olha, Gomes, estou chegando do Rio para o verão. Preciso daquela mulher que você me prometeu.

— É só mandar o recado, doutor, ela já sabe que o senhor está para chegar, cozinheira eu arranjo com facilidade, o diabo é arranjar arrumadeiras, aquela que trabalhou consigo, por ocasião dos ventos, no ano passado, aquela nem a peso de ouro. Mas cozinheira, é abrir a boca e pedir. — Vai à porta que liga a loja aos cômodos internos, dá o grito: — José! Ô José!

Surge um homem — talvez o mesmo homem que ele vira pelo retrovisor. Mas não é o camarada da estrada: tem apenas o mesmo tamanho, usa quase as mesmas roupas, mas é um rapaz imberbe, enquanto o outro é um homem maduro, de seus quarenta anos, dois olhos velhacos, a barba sempre por fazer.

— Foi você que ainda há pouco atravessou a rua?

— Eu?

— Quando parei o carro você não cruzou a rua, por trás?

— Não, senhor, estou aqui desde cedo, estava tirando um cochilo.

A cara é de sono, realmente.

— Foi engano meu. Desculpe.

— O doutor trocou de carro, afinal?

É Gomes quem agora pergunta, quando repara a caminhonete.

— Sim. Troquei, já faz tempo.

— E vendeu a Mercedes, doutor?

— Vendi. O carro precisava de muito reparo e eu não tenho tempo para acompanhar o trabalho de uma oficina. Preferi vender.

— O doutor não quis fazer negócio comigo! Era um grande carro!

— Era, mas precisava de trato, e eu já não podia perder tempo com ele. Além do mais, as temporadas aqui em Cabo Frio maltratavam a carroceria e o motor, havia ferrugem em vários pontos, e vinham os enguiços.

— Sim, eu me lembro, vi o carro passar por aqui, empurrado. Acredito, doutor, que o carro lhe tenha dado desgostos.

Ele olha a cara do Gomes, mas não há ironia nem malícia naquele pudim de carne cansada. É um rosto flácido, flácido e plácido, que vai dizendo as coisas com tranqüilidade, com firmeza, sabendo o que e onde atingir.

— Bem, Gomes, a mulher vem ou não?

Dá ordem ao empregado.

— Vai com o doutor, José, mostre a casa da mulher.

Quando José passa na frente, repara que, de costas, o vulto é o mesmo do homem da estrada. Tem vontade de perguntar sobre o desconhecido, que que faz pelas estradas aquele sujeito, mas Gomes já sabe muita coisa de sua vida.

"Não farei perguntas. O que tiver de acontecer, que aconteça. Só peço que aconteça logo. Afinal, o verão acabará e em março voltaremos ao Rio. Para sempre. Nunca mais andarei por aqui, serei, na cabeça e na memória de toda essa gente, quando muito uma referência topográfica, 'ali perto da casa do doutor Luís', ou 'aqui atolou a Mercedes do doutor Luís'."

— É muito longe?

— Não, doutor, aqui tudo é perto. Ela mora ali, logo depois do posto de gasolina, duas ou três quadras, à esquerda.

Com o dedo, aponta o posto. Ele nem ia olhar, sabe perfeitamente onde e como é o posto de gasolina, mas uma sombra esverdeada prende o olhar. O enorme carro está de saída, acabara de se abastecer. Não vê a frente, apenas parte da mala e as rodas de banda branca. Da posição em que está, não vê a chapa. Mas pelo feitio do pára-lama, pelo bojo da mala, sabe que é um Oldsmobile.

— Aquilo não é um Oldsmobile?

José olha tarde, já o carro sumiu na outra curva.

— Não sei, doutor, não conheço marca de carro. Só jipe.

Pensa em manobrar, perseguir o carro. Mas desiste.

"Acabou. Não é hora de fazer mais nada. Nada alterará a coisa, nada me alterará."

— É aqui?

— Olha ela ali!

— Ela sabe do que se trata?

— Sabe. O Gomes avisou-a.

A mulher vem lá de dentro com o pequeno embrulho de roupas. Ele abre a porta e inclina o encosto do seu banco a fim de que ela penetre na parte de trás da caminhonete. A mulher faz esforço para se acomodar.

— Difícil entrar aqui, hein, doutor?

— Caminhonete tem isso de ruim.

— O carro é do doutor?

— É.

A mulher consegue, após algum esforço, jogar o volumoso corpo contra o assento. Suspira, como se tivesse feito um ato heróico. Depois olha em torno:

— Eu pensava que o carro do doutor fosse um outro, verde.

Não reparara quando foram ao banho. Tinha a impressão de que apenas os rapazes haviam ido, como sempre iam, sozinhos, para se encontrarem com outros rapazes e moças na praia. Ele ficara pela sala, abrira um livro, lera trechos, depois ligara a vitrola, colocara discos, em volume bem alto, não ouviu nem viu quando ela saiu.

Mas agora, a vitrola está em silêncio, e ele acaba de preparar a dose de gim, vê o vulto cruzar o jardim e dirigir-se à parte dos fundos. O maiô de Maria Clara forma uma nódoa disforme através do vidro ondulado que separa a copa da cozinha.

Para se justificar de ter ido ali, e para que ela não pense que ele a fiscaliza, pergunta pelo gelo.

— Ué? Tem gelo na geladeira! É só tirar!

Ela sobe, com o maiô molhado, na ponta dos pés sujos de areia. As pernas estão úmidas de mar, há muito que ele não vê nenhum pedaço da nudez de sua mulher.

"Ela sabe que eu a estou olhando."

O pensamento o incomoda e ele abre a geladeira com estrondo, para que ela saiba que está ocupado em outras coisas. Quando retorna à sala, já sem vontade de tomar gim, ouve seu nome:

— Luís!

Ao pé da escada, ainda de maiô, Maria Clara o chama.

— Que que há?

— O maiô deu o prego, o fecho está enferrujado, não quer descer. — E como se desculpando: — Não tenho ninguém que me ajude. Só você mesmo. Acredite, se houvesse outra pessoa, não o incomodaria.

Deixa o copo de gim no corrimão e se aproxima do corpo da mulher. Ela está de frente, a cabeça baixa, humilhada por estar precisando dele.

— Olha, Luís, desculpe ainda há pouco, eu podia ter sido gentil, servir o gelo. É que estamos habituados a nos maltratar. E não há motivo para isso, nós nos queremos bem, o fato de estarmos aqui, juntos, pelos nossos filhos, prova que ainda nos queremos bem.

Há muito tempo não se falam assim. Evitam qualquer alusão ao passado ou ao futuro imediato. Vivem unicamente pelo e para o presente: um amortecimento que buscam e conseguem por meio das pequeninas lutas do cotidiano. Não há mais passado, nem haverá futuro. Há o presente apenas, e presente é o corpo de sua mulher, branco, corpo proibido a seus dedos, vedado a seu desejo.

— Deixa eu ver.

Ela vira e oferece-lhe as espáduas. Com o dedo, aponta o fecho encravado.

— Aqui.

A ferrugem comera vários dentes do fecho. Não entende como ela conseguira fechar aquilo, ao vestir. Tenta a força, mas ao primeiro puxão a ponta do fecho fica em seus dedos.

— Piorou. Agora, só cortando.

— Não tem importância. Eu já estava precisando de outro maiô.

— Onde tem tesoura?

— Lá em cima.

E como ficasse parado na escada:

— Vamos. Eu não poderei cortar este fecho aí nas costas. Você pode meter a tesoura com vontade, vou jogar fora o maiô.

Ele sobe, atrás da mulher. Dois degraus os separam, seu rosto quase toca nos quadris de Maria Clara. Ela emagrecera um pouco, nestes últimos meses. A pele está branca, o mormaço da tarde deixara vestígios rosados ao longo das coxas.

Quando entra no quarto, vê que o banheiro está aberto, como num convite.

"Não, ela entrou no banheiro, tentou tirar o maiô sozinha, depois viu que precisava de ajuda, preferiu descer a chamar-me, deixou a porta aberta por distração, nem poderia calcular que eu subiria também."

Maria Clara se inclina junto à gaveta e apanha a tesoura.

— Pronto. É cortar a costura do fecho com o tecido do maiô. Cuidado para não me ferir.

Só então ele repara que ainda tem nas mãos o pedaço do gancho enferrujado que se partira do fecho. Procura um canto onde jogar aquilo fora, o janelão aberto é um convite. Antes de jogar, lembra que, pelo mesmo janelão, jogara fora, enferrujada também, a vela do carro. Isso lhe dá súbito ódio pela mulher. E apesar da força com que atira o gancho, o reduzido peso do objeto altera a direção, ele ouve a pancada dentro do próprio quarto.

Maria Clara percebe e o avisa:

— Olhe, não caiu lá fora. Está ali, junto ao pé da cama.

Ele se abaixa e apanha novamente o grampo. Está agora ao lado da janela, não precisa nem jogar, basta largar. O pequenino grampo de metal faz uma linha sinuosa até o solo e desaparece na grama que rodeia o coqueiro-anão.

— Agora. Pegue a tesoura, vamos.

Oferece, outra vez, as espáduas brancas.

Os dedos tremem quando sente, densa, a carne fria de sua mulher. Tem de meter a mão por dentro, na parte superior, a fim de obter apoio para que a outra mão use a tesoura.

As costuras estão apodrecidas, ele nem precisa cortar, basta comprimir a lâmina contra o fio, a tira do fecho desgruda-se do tecido. Quando consegue livrar pouco mais de meio palmo, abandona a tesoura e puxa com a mão.

O fecho sai todo, deixando aberto, nas costas, no início dos quadris, o corpo da mulher.

Uma ponta fica presa na parte de baixo, a ferrugem fundira os grampos de metal com o tecido. Dá o puxão mais forte e surge, entre seus dedos, a carne de Maria Clara.

Ela tem a cabeça baixa. Do ângulo em que está, ele consegue ver parte do rosto dela no espelho da penteadeira. Os cabelos estão caídos para a frente, ela tem os olhos fechados, os lábios duros, concentrados, a carne tensa, como se esperasse a lâmina de um punhal que a penetrasse, pelas costas. Resignada, submissa, oferece-se à estocada, sem resistências.

— Pronto.

Ela não se move. O maiô está aberto de alto a baixo. Na parte da frente, já caiu de todo, deixando à mostra os seios. Ela permanece imóvel, as espáduas oscilam ao ritmo da respiração mais funda, oprimida.

— Pronto.

Não há resposta. A cabeça dela continua baixa, cabelos caídos sobre o rosto, as espáduas sobem e descem, os seios em silêncio: bastará levantar o braço e caberão, inteiros, nas mãos dele.

A parte do busto está solta, sai sem dificuldades, mas nos quadris, o maiô úmido comprime as carnes, é preciso fazer força. Com as duas mãos, puxa de uma só vez, e a mulher surge, nua.

Imóvel, ela continua em silêncio, cabeça caída sobre o peito, os cabelos tapando-lhe o rosto. Ele consegue libertar o maiô, mas tem de retirá-lo agora ao longo das pernas. Seu rosto bate na carne da mulher. Faz o maiô passar pelos pés, mas ela não os levanta e ele teme fazer força, ela poderá cair.

Quando percebe que Maria Clara insiste em sua passividade — bastará um gesto de ajuda e aquilo estará terminado — chega a abrir os braços para apertá-la inteira, contra o seu rosto. De joelhos como está, seus braços atingirão a grande curva nos quadris. Maria Clara respira fundo, cabeça tombada, nuca saliente e muda. O corpo nu esplende, ali, ao alcance de seus braços. Sente-lhe o gosto, o desejo úmido e silencioso.

Domina-se, uma vez ainda. De joelhos, e dominado, ele poderia encostar o rosto em suas coxas. Ela deve perceber que ele roça sua boca na carne dela, e não faz um gesto, vencida, oferecendo-se, inteira.

Não agüenta. Abre os braços, como se fosse abraçá-la ou possuí-la. Ela geme, esperando. Mas os braços apenas a enlaçam. Encosta a cabeça em suas coxas frias, e chora.

18

O vento sopra com violência. Ao cair da tarde, choveu forte, e logo passou. Os rapazes tinham ido à cidade, precisavam limpar o motor da lancha que ele afinal comprara. Voltariam tarde, quando o vento estivesse no mais forte dos sopros.

Maria Clara saíra também, quase ao cair da noite, precisava encomendar mantimentos para a semana, os estoques que haviam feito durara um mês, iam iniciar agora o segundo e último mês de férias, ela sabia que lá para as bandas da matriz havia hortas, na cidade compraria enlatados, foi com a caminhonete, voltou quando o temporal desabava.

— Peguei chuva como nunca em minha vida!

Ele se admirou de ter ela trazido compras:

— Pedi para mandarem amanhã, mas o homem já tinha arrumado parte da encomenda e eu resolvi trazer.

Ajuda a retirar as compras, a caminhonete está encostada junto à porta da cozinha. Ela pergunta:

— Os rapazes estão na cidade?

— Estão. Se você tivesse passado pelo posto, poderia trazê-los. Voltarão a pé. E é possível que tragam o motor da lancha.

— Aquilo pesa?

— Eles levaram a carreta, não é difícil. O pior é essa chuva, essa escuridão.

— Está muito escuro.

— E este vento.

A janela, no quarto dos hóspedes, bate contra a parede.

— Vá ver lá em cima.

— É a janela do quarto dos hóspedes. Ninguém precisava ter aberto aquilo.

Sobe. Quando procura, com a mão, apanhar a banda que o vento grudara contra a parede, vê, pela estrada, os dois rapazes correndo:

— Pai! Pai!

— Que foi?

E vendo que o motor da lancha não vem com eles:

— Onde deixaram o motor?

O vento retarda e confunde a voz deles. Mesmo assim ouve a frase inteira:

— Tem um homem morto na estrada!

19

— Tem um homem morto na estrada.

Maria Clara arruma nos armários as compras que trouxera havia pouco. Está de joelhos, e não levanta a cabeça quando ouve a notícia. Continua a arrumar os mantimentos, retesa os músculos para retirar o gavetão da parte de baixo, onde guardará a lataria que trouxera.

Fernando e Sérgio chegam esbaforidos:

— Pai, o homem parece que foi atropelado, está todo ensangüentado!

— Já veio alguém?

— Não. A coisa foi agora, nós não tocamos no homem por causa das complicações.

— Mas deixaram a carreta e o motor lá!

— Serve para marcar o local. Está escuro demais!

Vai à garagem. Apanha a lanterna elétrica.

— Vamos!

No meio do caminho, ladeado pelos filhos, sente-se orgulhoso e potente.

— O homem é daqui?

— Não vimos o rosto. Ele está horrível.

Na curva que faz a estrada afastar-se da praia, apesar do escuro, enxerga a silhueta da carreta, o motor pendurado.

— É ali!

O feixe luminoso clareia o asfalto. Ilumina as duas rodas da carreta, e, logo após, os pés do cadáver.

— Não quero olhar, pai. É horrível!

Não precisa iluminar o rosto. Pela roupa, pelos sapatos cambados, pelas mãos — mãos que haviam se apoiado, um dia, na janela do seu carro — ele sabe quem é.

— É ele!

— Ele quem, pai?

— Um sujeito que andava por aí, dando sopa para um atropelamento, sempre no meio da estrada. Olha aqui, o homem foi mesmo atropelado, as pernas estão quebradas e a cabeça bateu em algum canto, morreu na hora, nem viu quem o matou.

— Já viu o olho dele, pai?

Joga a luz contra o rosto. A mesma barba por fazer. Só a expressão não é mais respeitosa e velhaca. Pânico naqueles olhos parados, que o filete de sangue, saído do nariz, começa a sujar, empoçando.

— Ele viu a morte, pai.

— Na certa sabia que ia morrer, quando viu o carro em cima dele.

— E agora, pai, que vamos fazer?

— Telefonar para a polícia. Somos a casa mais próxima do local. Levem a carreta, deixar isto aqui, nessa escuridão, é um perigo, pode causar acidentes. E basta o que já tivemos.

Antes de entrar em casa:

— Evitem comentários perto de sua mãe.

— Certo, pai. Ela não precisa saber.

"Ela já sabe!"

Estão todos na sala quando, no dia seguinte, o carro da polícia chega. Depois do telefonema, ele pensara em mandar os rapazes e Maria Clara para o Rio. Mas seria provocar suspeitas. Afinal, o homem morrera ao lado de sua casa, quase em seus domínios. Quem descobrira o cadáver foram os rapazes, quem telefonara para a delegacia fora ele. A tarefa pior fora feita.

Comunicada a polícia, ele voltou ao local sozinho, com a lanterna fizera os carros desviarem-se do corpo — teve repugnância em arrastar aquilo pelo chão. Evitou jogar o feixe luminoso em cima daquela cara, cujos olhos arregalados e opacos pareciam fixá-lo ainda, "boa tarde, doutor Luís, eu vi seu carro rebocado, o senhor não mora naquela casa ali depois da curva? O senhor quase me atropelou".

Meses atrás, tentara atropelá-lo realmente, só depois da guinada na direção foi que reparou, não era ele, era um crioulo.

"Vai ver que ele morreu pensando que..."

O pensamento é sinistro demais para sequer ser formulado. Em outro momento não temeria, seria corajoso o suficiente para formulá-lo integralmente. Mas ali, sozinho, com o cadáver a seus pés, procurava distrair-se com outras coisas, evitando encontrar pretextos para odiar aquele morto. Era um morto anônimo — e o era realmente — e isso bastava.

— Sabe o nome dele?

Fora a primeira pergunta do policial que viera com o rabecão. Ele não sabia de nada, contou a única verdade de que era capaz: a verdade.

E agora vem a polícia outra vez. Da delegacia haviam telefonado, avisando que um inspetor de Niterói fora deslocado para Cabo Frio, e examinava o caso. Pois o inspetor ali está, alto, magro, tem a delicadeza de deixar o resto do charuto em cima do peitoril da varanda que sobe do jardim para a sala.

— Não queremos incomodar, doutor, mas é preciso esclarecer alguma coisa.

— À vontade.

O outro policial fica do lado de fora. Parece farejar o ar, à procura de vestígios.

— É uma sindicância? — aponta o policial lá fora.

— Não, doutor, nada disso, é apenas uma formalidade.

Oferece a pior cadeira ao inspetor. Tenta agora forçar a ida de Maria Clara para cima, não quer vê-la ali.

— Você vai ficar? — pergunta frontalmente, preferindo que ela perceba a intenção de afastá-la.

— Vou.

A resposta de Maria Clara embaraça o policial.

— A senhora me desculpe, mas eu queria tratar do assunto apenas com o doutor e os rapazes, não é por nada, é superstição minha, já estou habituado a isso, evito sempre trabalhar na presença de senhoras, só mesmo quando é preciso, quando não há outro remédio... o que não é o caso, absolutamente.

Maria Clara levanta-se e sobe. Ouvem o barulho da porta do quarto batida com violência.

— Ela não gostou, hein? — A cara do policial procura atrair simpatia, familiaridade, ou, ao menos, tolerância.

Ele corta qualquer intimidade:

— Vamos ao que interessa.

— Pois o que interessa, doutor, é que o homem foi atropelado. Não temos nenhuma indicação sobre o carro que o matou. Já levantamos o local do acidente, encontramos vestígios de pneus. A caminhonete do senhor passou por lá, pouco antes ou pouco depois do atropelamento, há marca de pneus, coincidem com os da sua caminhonete. Era o senhor quem estava dirigindo?

— Não.

— Digamos: era sua mulher?

— Era.

— Ela não viu nada?

— Não. Já havia caído a noite, chovia bastante, um temporal. Ela fora à cidade, lá para as bandas das hortas, comprou mantimentos, veio com coisas, eu estava ajudando a descarregar as compras quando os rapazes chegaram, a pé.

— Sim, sim, já verificamos o local onde eles pararam a carreta. Podia provocar outros desastres, deixaram aquilo quase no meio da estrada. — E para os rapazes: — Vocês notaram os carros que passaram, em ambos os sentidos?

Fernando é firme quando responde:

— Não. Passou muito carro, creio, um caminhão cheio de pedras, acho que foi o único a cruzar conosco no sentido de lá para cá. No sentido contrário, passaram outros carros. Muitos talvez. Mas estávamos preocupados com o motor, pesa bastante, uma das rodas da carreta estava bamba, nós vínhamos com cuidado para que ela não caísse, até que vimos aquilo no chão, pensei num bêbado que estivesse dormindo ou passando mal, meti a cara perto dele, foi horrível.

— Acredito. Eu desejava saber...

A delicadeza forçada do policial o irrita. Intervém:

— Escuta: eu não criarei dificuldades à polícia, mas acho que o senhor está exagerando. Este interrogatório é descabido. Um homem foi atropelado aqui perto, o que dependia de nós já fizemos, mas acho que o senhor leva muito longe as formalidades. Já contamos tudo o que sabemos, e o que a polícia deveria ter interesse em saber. O resto é exorbitância, sou advogado e...

O inspetor olha para ele, sério, não esperava pela reação. Levanta-se, titubeia ainda, como se não quisesse dizer tudo.

Afinal:

— O senhor tem razão. Levei longe o interrogatório, ou melhor, aquilo que o senhor chama de interrogatório. Eu precisava saber de certas coisas, doutor, pois não se tratou de um simples atropelamento. O homem foi morto de propósito.

— Como?

— O carro chegou a sair fora da estrada. A vítima tentou evitar a morte, mas o carro o perseguiu, esteve na contramão, saiu da estrada para apanhá-lo, o idiota não se jogou para o outro lado, o do capim, quis fugir pela areia, desviar-se, não sabia que estava sendo caçado.

Os rapazes olham, atônitos, para o pai.

Ele pensa, olhos fixos no inspetor, examinando-o, para saber até onde iam suas intenções.

— Os pneus deixaram marcas na areia?

— Sim. Com alguma sorte e um pouco de ajuda poderemos localizar o carro suspeito.

— E há algum carro suspeito?

— Bom, não há um carro suspeito. Há carros suspeitos. Pelo desenho dos pneus, pelo peso, pela posição da barra da direção, as manobras foram rápidas, só com direção e mudança hidráulicas poderia fazer aquilo, com outro tipo de carro teria capotado. O sujeito sabia manobrar na areia, houve um trecho em que jogou o carro todo no areal, mesmo assim não derrapou, nem ficou atolado, o senhor sabe como é a areia, parece sólida, mas muito automóvel fica atolado, principalmente quando o carro é pesado.

Faz pausa, e como quem se lembra de repente:

— Lá na cidade me contaram que o senhor tinha uma Mercedes, é verdade?

— É. Vendi há pouco.

— Disseram-me também que o senhor uma vez atolou o carro na areia.

— Sim, também é verdade, só que não fui eu, foram os rapazes.

— Foi Pepino, papai — Sérgio intromete-se no diálogo.

O inspetor faz o resumo de tudo aquilo e abre os braços:

— Como vê, o caso é simples e complicado ao mesmo tempo. Foi um atropelamento proposital, mas pode ter sido uma simples brincadeira de rapazes. Não foram os seus rapazes, é óbvio, mas temos uma indicação certa: o carro era maleável o bastante para fazer todas aquelas manobras, inclusive não ficar cravado na areia. Um perito levantou uma hipótese muito vaga: o carro seria relativamente recente, fabricado pela General Motors.

Fernando pergunta bruscamente:

— Um Cadillac?

— Talvez. Ou um Buick.

— Ou um Oldsmobile.

O inspetor olha para ele.

— Sim, doutor, pode ser também um Oldsmobile. — E depois de nova pausa: — Posso saber por que o senhor lembrou o Oldsmobile?

— Por nada. Conheço os carros que a General Motors fabrica, sei diferenciar dos carros da Ford, da Chrysler, já tive automóveis de diversas marcas.

— E conhece algum Oldsmobile, ou qualquer outro carro análogo, que ande por aqui?

— Não. Não reparo mais isso. Ignoro o carro dos meus vizinhos, ignoro até os meus vizinhos.

O inspetor vira-se para Sérgio:

— E os rapazes? Conhecem?

Sérgio está muito confuso para responder. Fernando fala calmo:

— Não há nenhum desses carros por aqui. Só eventualmente. Quase todos os moradores têm carros nacionais, caminhonetes, o único que tem carro especial é o doutor Mesquita, um Jaguar esporte. Mas eles estão fora.

O inspetor ri:

— É. Os rapazes sabem tudo. — E depois, olhando para cima: — Sua mulher, quando vinha pela estrada, não viu nenhum carro na sua frente?

— Ela é quem poderia responder. Quer que a chame?

— Não, não é preciso. Se ela não falou com o senhor, é porque não sabe de nada.

E procurando com os olhos o lugar onde havia deixado a ponta do charuto:

— É só, doutor. Afinal, um caso besta. Proposital ou casual, não há emoção num caso desses, resta sempre a defesa fácil, o camarada pode negar que teve a intenção de matar, derrapou, não viu o sujeito, estava escuro, chovia, a visibilidade era péssima, enfim, o caso acaba aqui, e a rigor nem houve caso. Não o aborreceremos mais.

— Não estamos aborrecidos.

— Acredito, acredito. Um instante, doutor: sabe o nome do camarada que morreu?

— Não.

— O doutor o conhecia?

— O interrogatório continua?

— Não. É uma curiosidade, digamos pessoal, não profissional.

— Não. Nunca vi aquele homem por aqui.

— É. Ninguém viu aquele homem por aqui. Ninguém sabe o que ele veio fazer aqui. Mas isso pelo menos a polícia sabe. Era empregado de um sujeito que vende tudo, maconha, cocaína. Nos bolsos do cadáver encontramos duas ampolas de morfina. Esse pessoal que vem para cá gosta de se distrair, doutor, e o sujeito é quem fazia as entregas, tomava as encomendas, enfim, nada de especial, dificilmente alguém o mataria só por causa disso. Morreu estupidamente, vítima de um maluco que resolveu matá-lo para ter, quem sabe, uma emoção mais forte. Conhece o crime perfeito?

— O assunto não me interessa.

— Pois é isso, doutor, basta matar sem motivo. Se eu for à Groenlândia, entrar na primeira casa que estiver aberta, matar a velha que prepara o almoço e voltar para o Rio, terei cometido o crime perfeito. A polícia de lá procurará os suspeitos, os que teriam motivo ou razão para matá-la e prenderia um inocente que devia dinheiro à velha, ou que a odiava por questões familiares.

Apanha o charuto que deixara na varanda, procura os fósforos no bolso.

— Mas quem odiaria esse pobre-diabo?

Quando entra no carro da delegacia, acena com a mão, como a retribuir a má vontade que sente em torno.

— Não mais o importunarei, doutor, a profissão tem coisas desagradáveis. Recomendações à sua senhora, diga a ela que não me leve a mal, procurei ser gentil, à maneira de um policial, é claro.

O carro é manobrado de ré, atinge a estrada e some. Os dois rapazes olham para o pai. Ele procura fazer um comentário amplo que explique tudo:

— Esse camarada quis bancar o importante. Fizemos nossa obrigação, ele que faça a dele. Não temos nada com isso.

— Por que ele implicou com a mamãe?

Fica aborrecido ao perceber que os rapazes notaram.

— Policial não gosta de mulher. Dá azar.

— Por que dá azar?

— Cada profissão tem superstições. E o sujeito, além do mais, veio de longe e queria justificar sua importância.

Sérgio está alarmado, os olhos enormes.

Ele repara no filho:

— Que que há, Sérgio? Alguma coisa?

— Não, pai, mas eu acho que fiz besteira!

— Que besteira?

— Fui meter o nome de Pepino nesta história!

— Ele nem reparou, foi coisa muito acidental.

Mas é Fernando quem agora tem os olhos aflitos.

— Pai, Pepino comprou, há tempos, um Oldsmobile.

O controle é perfeito. Nada se mexe em sua face, os músculos comportam-se friamente.

— E daí, meu filho? Que que Pepino viria fazer aqui? Ele nos procuraria. E não iria matar ninguém por brincadeira.

— Ele nos tem evitado, pai. Há muito tempo que nos evita, não quer nada com a gente, acho que não gostou de nunca mais o termos convidado.

— Mas isso é absurdo! — Sérgio se intromete com bom senso.

O pai encerra o assunto.

— Enfim, caso encerrado. Vamos pensar em outras coisas. Nenhum de nós matou ninguém, a novela acaba aqui. — E com amargura: — Somos todos inocentes.

20

Chega da praia, depois do último passeio. Os rapazes estão na cidade, breve retornarão para o jantar. É a última tarde, logo será a última noite. Ele e Maria Clara estiveram sozinhos, embora tivessem feito os mesmos roteiros. Foram à praia, lado a lado, em silêncio. Deram uma volta grande, evitando passar pelo trecho onde o cadáver aparecera.

Ele chega em casa e acende as luzes da sala, para fazer qualquer coisa, ler um jornal, preparar uma bebida, tocar um disco. Precisa gastar aquela noite enorme e última que cai sobre ambos. Não pretende sentar-se na poltrona, alma devastada, à espera de que a noite e o horror o envolvam.

Maria Clara subira, tem o que arrumar ainda — e ela, sem que os rapazes o percebessem, fazia dias vinha recolhendo o que era dela, ou o que podia constituir-se, mais tarde, em memória de sua passagem pela casa. Não quer deixar vestígios, apaga as suas pegadas. A casa — haviam decidido em curto diálogo — seria vendida, tão logo os rapazes voltassem ao colégio.

Sente-se idiota olhando as paredes.

Beber ficaria mal, ela poderia pensar que ele enche a cara para amortecer a emoção. Ouvir música seria fazer o contrário de Maria Clara: enquanto ela apaga pegadas e vestígios, ele procuraria ampliar os seus, contaminando aqueles últimos instantes com uma música especial, quem sabe inconscientemente programada para a ocasião.

Vê o caderno que os rapazes deixaram ali, haverá uma caneta em qualquer canto.

“Para gastar a noite, serve.”

Apanha a caneta, apóia o caderno nos joelhos.

Agora, escrevo especialmente para você. Ninguém saberá que é para você que estou escrevendo, e você mesma só sentirá isso depois de muitos, muitos dias, quando a dor e o tempo pousarem sobre seus olhos e tornarem sua carne mais neutra que a nuvem e mais breve que a espuma.

Hoje, escrevo especialmente para você, retomando um diálogo que bruscamente interrompêramos sem saber o que íamos fazer com as palavras que não chegamos a dizer, sem termos tempo de apagar as palavras que foram ditas e — infelizmente — guardadas e protegidas pelo nosso repentino ódio.

Isso poderia ser o início ou o fim de um romance — e o é realmente, início e fim ao mesmo tempo. Afinal, terminamos o nosso prazo, esgotamos a clemência que atiramos um ao outro como esmola ou paga — e amanhã fecharemos essas portas e janelas e nunca mais retornaremos, nunca mais repetiremos o rito de verões e invernos que juntos consumimos, apoiados em nossos medos e redimidos em nossas alucinações.

Tudo deu errado — e já não há coragem nem necessidade de procurarmos a culpa ou o erro. Nem haverá tempo nem vontade para refazermos a nossa história com amor. E sem amor, de nada adiantará vivermos lado a lado, dia a dia, mágoa a mágoa.

O verão acabou. Estávamos juntos por acaso quando o vento começou a soprar e levantar a areia. O céu já se preparava para a noite — e os pescadores que recolhiam as redes diziam sem palavras e sem gestos que o verão acabara. Já estávamos prontos para isso — e mais uma vez fomos perfeitos, estava tudo arrumado, a caminhonete abastecida e pronta para a viagem de amanhã e de volta, as roupas emaladas, os empregados pagos, o jardim preparado para o outono que agora se prolongará para todo o sempre.

Nossos filhos estão na cidade, voltarão para o jantar e será o último jantar em que sentaremos os quatro, nós dois e eles. Seremos fortes, e nada em nossos gestos revelará que aquilo será um último jantar, um último momento.

Eles ainda não sabem de nada, e acreditarão que em verão igual aqui estaremos para receber novas areias e novos ventos. Tudo acabará daqui a pouco e a lucidez que gozamos agora talvez seja o último silêncio que compreenderemos juntos, com a mesma e igual intensidade.

Fomos perfeitos — digamos mais uma vez — neste verão que se acaba. Combináramos mais umas férias assim, nossos filhos viriam do colégio, esperaram o ano todo pelo verão, seria cruel negar-lhes isso — e fizemos o sacrifício juntos e juntos estivemos esses meses, como se tudo fosse outra vez durar para sempre, o verão e seus ventos, o mar e suas areias. Seu sal.

Tudo passou depressa, parece que foi ontem que aqui chegamos e abrimos essas janelas que agora fecharemos e que tão cedo não se abrirão — e serão mãos estranhas que abrirão essas janelas para outros rostos receberem outros ventos.

Vimos, juntos, os pescadores recolherem as redes e, por um instante, tivemos vontade de avisar um ao outro: "Acabou."

Mas não foi preciso. Como as redes dos pescadores, em silêncio nos guardamos e voltamos para casa sem olhar os espantos e as tréguas que não poderemos dar mais um ao outro. Você então foi para a varanda, esperar pelos nossos filhos, que logo chegarão.

Eu restei só. Só, como sempre procurei estar, esses últimos dias. Breve virá o jantar e depois iremos cada qual para seu lado. Não sei o sonho que visitará seus olhos. Eu velarei. Gastarei esta última noite horrivelmente lúcido, esbarrando em meus próprios escombros, flagelado pelos meus próprios fantasmas. Se eu gritar mais forte — não há o que temer: é que os fantasmas ou os escombros feriram mais fundo, e irreparavelmente.

É certo, a vida logo se recomporá. Com mais ou menos sorte, continuaremos íntegros — e isso é o que importa. Talvez sejamos melhores que agora, mais plácidos, ou mais conformados.

Isso não conta, por ora. Conta é que estamos juntos pela última vez — e pela última vez ainda teremos a esperança de que o amanhã será a eternidade indolor com que a solidão — lá fora — nos espera com a saudade comum, e, quem sabe?, com o comum perdão.

Se, com generosidade, subisse as escadas e se abraçasse com Maria Clara — talvez nem precisasse abraçá-la, bastaria olhar e ela compreenderia — nada daquilo teria continuação e sentido, o pesadelo terminaria, como terminam os pesadelos: com lucidez e claridade.

Mas há preguiça, submissão. É dolorosamente bom saber que bastaria um gesto seu, subir as escadas, ou chamá-la: "Maria Clara", ela viria, sentariam juntos, como nos antigos tempos, olhar-se-iam nos olhos e se perdoariam.

Tédio em recomeçar. Está muito velho para a generosidade, muito cansado para reiniciar caminhos. Vê a goela da lareira, os ladrilhos vitrificados cor de fogo. Haverá, talvez, restos de cinza ali. Deveria ter feito um museu de si mesmo, agora que tudo está terminando. Colocaria as cinzas todas — todas as suas cinzas: a vela enferrujada, o cigarro apagado, a tira do maiô de Maria Clara.

FRAGMENTO DA BALA QUE MATOU NAPOLEÃO.

Ele próprio sabe que é um fragmento de si mesmo.

Ouve Maria Clara, lá em cima, fechar o janelão do quarto. Logo o vento começará a soprar, mais forte, envolvendo a casa, isolando-a em suas paredes móveis, feitas de açoite e mundo.

Impressão e Acabamento:
Geográfica editora